ALINE SANT'ANA

VIAJANDO COM ROCKSTARS – O CASAMENTO

7 DIAS
para sempre

Copyright© 2015 Aline Sant'Ana
Copyright© 2016 Editora Charme

Todos os direitos reservados. Nenhuma parte deste livro pode ser utilizada ou reproduzida sob qualquer meio existente sem autorização por escrito dos editores.

Esta é uma obra de ficção. Nomes, personagens, lugares e acontecimentos descritos são produtos de imaginação do autor. Qualquer semelhança com nomes, datas e acontecimentos reais é mera coincidência.

2ª Impressão 2021

Produção Editorial: Editora Charme
Capa e Produção Gráfica: Verônica Góes
Revisão: Equipe Editora Charme
Foto: ShutterStock

FICHA CATALOGRÁFICA ELABORADA POR
Bibliotecária: Priscila Gomes Cruz CRB-8/8207

S232s	Sant'Ana, Aline
	7 dias para sempre / Aline Sant'Ana; Revisão: Equipe Charme; Capa e produção gráfica: Verônica Góes
	Campinas, SP: Editora Charme, 2021. 2ª Impressão.
	172 p. il.
	ISBN: 978-85-68056-31-8
	1. Romance Brasileiro	2. Ficção Brasileira - I. Sant'Ana, Aline. II. Equipe Charme. III. Goes, Veronica. IV. Título.
	CDD B869.35

www.editoracharme.com.br

ALINE SANT'ANA

VIAJANDO COM ROCKSTARS – O CASAMENTO

7 DIAS
para sempre

"A única coisa que importa pra mim, com você, é o para sempre."

— COLLEEN HOOVER

"Para aqueles que se apaixonam todos os dias pela mesma pessoa."

AVISO

7 Dias Para Sempre se passa depois do epílogo do livro 7 Dias Com Você e dos outros volumes da série Viajando com Rockstars, funcionando, assim, como uma prévia do final.

Entretanto, a ênfase é unicamente no casal Carter e Erin, sem contar como termina a história de Yan, Zane e Shane, irmão de Zane, a quem vocês serão apresentados nesse romance.

Desse modo, para preservar o sigilo sobre os personagens secundários, mantenho seus relacionamentos da forma mais evasiva possível, já que você vão conhecê-los intimamente em suas próprias histórias.

PRÓLOGO

I've been waitin' for so long
For somethin' to arrive
For love to come along
Now our dreams are comin' true
Through the good times and the bad
Ya - I'll be standin' there by you

— *Bryan Adams, "Heaven".*

Erin

A euforia é o estado de espírito incontrolável que se molda ao sentimento mais intenso da felicidade. Eu estava eufórica e ao mesmo tempo temerosa, porque esse desfile que estava prestes a acontecer era primordial para mim. Nada menos do que uma avaliação para saber se estava apta a caminhar ao som de algum cantor mundialmente conhecido, com asas nas minhas costas e as lingeries mais bonitas do mundo.

O teste para o tão sonhado desfile da Victoria's Secret.

— Você entra no três, Erin — explicou mecanicamente a garota por trás dos bastidores.

Suspirei fundo durante os segundos finais. Cerca de cinco pessoas estavam tocando em todas as partes do meu corpo, puxando tecidos e colocando saltos nos meus pés. Eu não tinha certeza se estava pronta, visualmente falando. No entanto, era obrigada a dar um passo à frente, independente do que faltasse ou não.

Com um segundo restante, todas as mãos me soltaram e as cortinas se abriram.

Estava na hora.

Dei passos calmos e controlados. Fiz meus quadris balançarem na medida certa e senti os cabelos soltos trabalharem a meu favor. Não olhei para o público, apenas para um ponto aleatório sobre a cabeça de todos, bem no centro, que me manteve no controle para não me distrair.

Quando liberada, sorri e pisquei para uma pessoa qualquer à minha direita, enquanto flashes estouraram para todos os lados. Puxei a capa que estava nas

Aline Sant'Ana

8

minhas costas para frente, e depois para trás, movimentando o tecido.

Fiz a parada clássica, virei o corpo para um lado e para o outro, e finalmente dei as costas para a plateia. No meio do caminho, virei o queixo sobre o ombro esquerdo e pisquei para algum fotógrafo que com certeza capturaria o click perfeito.

Um instante depois de chegar à parte de trás do palco, já estavam me ajudando a tirar a roupa para colocar outra. Modelos passaram por mim enquanto a equipe eficiente retirava a maquiagem dos meus olhos e colocava uma nova. Os cabelos soltos foram presos em um coque rígido e a lingerie com a capa que usava foi substituída por um corpete vermelho com meias três-quartos e saltos exageradamente altos.

— Vai! — exigiram quando o tempo esgotou.

Fiz três trocas de roupa e, na última, já estava cansada, ainda que a felicidade dançasse dentro do coração ao reconhecer que dei o melhor de mim. O sorriso estava grudado no meu rosto, de orelha a orelha, e peguei-me pensando que daria tudo para Carter estar ali comigo, já que hoje fazíamos aniversário de quatro anos de namoro.

Seria tão bom ver seu sorriso orgulhoso, aquele que só ele sabia dar quando realmente ficava feliz por algum feito. Aquele único gesto aquecia-me por dentro; era a prova final de que acreditava em mim de olhos fechados.

Desliguei os pensamentos ao notar que tinha alguma coisa errada acontecendo, já que toda a equipe me abandonou. Largaram-me no final? Pisquei rapidamente, esperando que alguém gritasse comigo para tirar as roupas caríssimas e colocar o vestido escolhido para ir ao after party. Isso não aconteceu. Silêncio sepulcral. Senti um aperto no coração e comecei a me despir.

Vesti o robe e deixei a peça delicada do desfile sobre uma poltrona. Caminhei para longe da cortina e fui em direção ao camarim das meninas. O silêncio era uma novidade, a única coisa que eu podia escutar era a música ao fundo, que tocava Bryan Adams, um sinal de que o desfile fora concluído.

Deixei um suspiro sair ao encontrar o meu jeans e regata preta. Já que não me deixaram escolha, eu iria para casa. Olhei para um lado e para o outro, me certificando uma última vez de que estava sozinha, e puxei a regata, pronta para me vestir.

No entanto, um som estalado me parou.

Algo brilhou diante dos meus olhos quando busquei o que caiu das minhas roupas. Agachei-me para pegar o que quer que fosse e, quando meus dedos tocaram

7 dias para sempre

a peça fria e arredondada, percebi que se tratava de um anel especialmente caro.

Era prateado e parecia de ouro branco. Possuía uma pedra enorme no centro, que reluzia como um diamante. O corte era quadrado e, em torno da grande peça, pequenas pedras azuis minúsculas faziam o contorno. Era um azul tão bonito e tão claro como o céu. Segurei a peça com cuidado e novamente olhei para os lados, pois aquilo deveria pertencer a alguma das meninas que desfilou. Isso valia muito! Eu precisava encontrar alguém de confiança e perguntar de quem era...

Escutei passos do lado direito, interrompendo meus pensamentos preocupados. A pouca iluminação dos bastidores me impedia de ver quem estava ali. Quando a pessoa ficou embaixo de uma das frestas de luz e pude vê-la claramente, meus lábios se abriram e meu coração começou a saltar para fora do peito.

Soltei uma palavra inteligível e minhas mãos tremeram pelo susto.

— Carter, o que você está fazendo aqui? — consegui dizer. Seus olhos verdes estavam divertidos e ele sorriu intensamente. — Não estava viajando?

Não me respondeu com palavras, mas sim com um gesto. Carter apenas negou com a cabeça. A felicidade em vê-lo aqui, a surpresa e o susto ao reconhecê-lo fizeram tudo acelerar. Se a euforia estava em níveis catastróficos há um tempo, agora estava me levando à beira da loucura.

Então, ainda em silêncio, para me deixar sem reação, Carter abaixou-se em um de seus joelhos.

Ele puxou a minha mão direita trêmula, procurando alguma coisa que não encontrou. Depois, vagou para a esquerda, tirando da palma o anel gelado e pesado. Automaticamente, alguma parte do meu cérebro começou a dizer que eu sabia bem o que estava acontecendo ali, mas a outra ainda pedia para que eu esperasse para ter certeza.

Meus olhos ainda assim marejaram, e, quando minha visão periférica pegou toda a equipe sumida dando passos tímidos para perto de nós, algo dentro de mim gritou no silêncio da felicidade.

— Sete dias foram suficientes para eu saber que te amava, Erin. — Sua voz estava branda, porém ansiosa. — Embora tenha atrasado sete anos da nossa história, os sete dias compensaram, fazendo eu me apaixonar tão perdidamente por você, como se o destino não quisesse que perdêssemos mais tempo.

— Ah, Carter... — Lágrimas desceram pelo meu rosto. O coração pulou e a garganta secou.

Aline Sant'Ana

— Hoje é o nosso aniversário de quatro anos — continuou —, e, a cada segundo que passo perto de você, a certeza de que desejo que seja minha para o resto da vida cresce. Eu não posso esperar, eu não posso deixar passar, porque eu quero que você se case comigo, Fada. Eu quero poder te chamar de minha esposa, eu quero acordar todos os dias e ver o seu rosto, eu quero que nossos sobrenomes se entrelacem, eu quero poder rir da sua risada e te assistir me conquistando todos os dias, fazendo eu me apaixonar pela mesma pessoa incansavelmente.

Meus joelhos estremeceram. As pessoas estavam soltando murmúrios de satisfação. Lágrimas corriam livremente pelas minhas bochechas e os olhos do vocalista da The M's estavam reluzentes, derramando pequenas gotas de emoção pelos cantinhos.

Ele puxou o anel e o colocou na ponta do meu dedo, sem deslizar por todo o anelar. Ele queria uma resposta, mas eu estava incapacitada de verbalizar o meu amor por esse homem, por essa surpresa, por tudo o que ele significava para mim.

A plenitude.

— Quer ser a senhora Erin McDevitt, Fada? — ofereceu, junto com um sorriso tímido e torto. — Quer ser minha pelo resto dos nossos dias?

Abri os lábios e disse um sim tão baixo que pensei que Carter não tivesse sido capaz de escutar. Depois, consegui organizar a euforia e verbalizei um sim alto, emocionado, com tudo o que eu tinha.

Ele terminou o caminho do anel, que me envolveu com tanto carinho como se fossem nossos corações se encaixando. Levantou-se e segurou meu rosto com cuidado. Encarou minhas pupilas com uma intensidade ímpar, depois desceu a visão para o nariz e, por fim, meus lábios. O coração trotou no peito e, um segundo depois, o meu noivo me beijou.

Carter me tinha por completo, de alma e coração. Ele era dono das emoções, dos melhores sentimentos que nasciam dentro de mim e dos desejos mais sinceros e bonitos.

Em quatro anos, ele foi capaz de me provar todos os dias que me amava, que me queria, que não tinha dúvidas a respeito do que significávamos um para o outro. A insegurança que sempre nutri deu espaço à certeza, e à fé que depositava em nós dois se tornou tão grande quanto a distância entre continentes extremos.

Éramos para sempre melhores amigos, namorados, noivos, marido e mulher...

E eu mal podia esperar para dar o primeiro passo em busca da nossa eternidade.

CAPÍTULO 1

I love you like XO
You love me like XO
You kill me girl XO
You love me like XO
'Cause you're all that I see
Give me everything
Baby love me lights out
Baby love me lights out
You can turn my lights out

— John Mayer, "XO".

Erin

A sala em tom amarelo-bebê era extremamente confortável. A decoração suave, com detalhes sutis e quadros com fotografias em preto e branco, nos passava a sensação de estarmos em casa. As poltronas pareciam nos engolir pelo aconchego no segundo em que sentávamos nelas. Ao fundo, uma música doce e suave interpretava o quanto esse momento era importante. No entanto, por mais que tudo estivesse ali para me tranquilizar, a ansiedade e as batidas do coração me impediam de respirar tranquilamente.

Um aperto sutil fez-me erguer os olhos para a minha companhia. Nossas mãos estavam entrelaçadas e eu podia sentir o carinho do gesto. Os olhos verdes divertidos e o sorriso no rosto — que, em conjunto, me desestabilizavam desde a adolescência — causaram arrepios por toda a minha pele.

Quatro anos com ele ou quatro décadas, não importava, Carter McDevitt sempre me causaria o frisson da primeira vez.

— Está nervosa?

Assenti e ofereci um meio-sorriso.

Esse era *o* grande momento e eu não tinha conseguido dormir na noite passada. Os preparativos do casamento também foram os culpados pela insônia. Lua estava me ajudando com grande parte das coisas e Kizzie e Roxanne, amigas que adotei nesses últimos anos, também. No entanto, o

Aline Sant'Ana

12

planejamento era imenso e somando isso à gravidez...

Bem, não era fácil.

Carter se aproximou ainda mais, como se conseguisse ler em meus olhos a angústia. Sua testa se colou na minha e a mão que estava entrelaçada fugiu para o meu rosto. Uma carícia suave na bochecha com o polegar fez minhas pálpebras cerrarem.

— Não pense tanto, Fada, apenas viva o momento.

Abri imediatamente os olhos, sentindo-me culpada por estar tão estressada nesses últimos dias. Provavelmente os hormônios da gravidez me deixaram mais sensível e menos paciente, mas Carter compreendia tudo. As conversas com a doutora Michelle e os livros que leu a respeito da gravidez fizeram sua mente abrir.

— Desculpa, amor.

Ele soltou uma risada e beijou minha boca num selar rápido de lábios.

— Não precisa pedir desculpas. É um momento importante, entendo o motivo de estar nervosa.

Tomei sua mão na minha e acariciei-a com cuidado, pensando que Carter e eu não havíamos planejado uma gravidez, porém já amávamos o nosso bebê com toda a nossa alma. Foi o presente inesperado mais incrível que já pude receber em toda a vida e eu sabia que isso também era chocante e novo para ele.

— É especial demais. Meu coração está batendo rápido — anunciei.

O sorriso de Carter se tornou completo, incapaz de conter a paixão.

— O meu também.

Desviei o olhar do seu e observei nossos dedos unidos, imaginando o momento em que teríamos uma aliança dourada. Também o imaginei segurando um pacote de tecidos fofos entre os braços e olhando para um pequeno ser com um ar apaixonado. Idealizei Carter brincando com um bebê; o nosso bebê.

As coisas que isso fazia com meu estômago... ah, as borboletas!

Toda a preocupação se esvaiu.

— Erin Price?

7 dias para sempre

Acordei da ideia quando a doutora Michelle me chamou. Ela tinha um cabelo curto na altura do queixo, escuro como a meia-noite. O corpo esbelto e pequeno escondia sua idade, que beirava os quarenta. Ajudava também o fato de não ter quase qualquer ruga no rosto. Os olhos espertos eram a única coisa que denunciava o quanto era profissional e não negavam que, em meio à voz doce e muito carismática, Michelle era uma das obstetras mais renomadas de Miami.

— Como você está nessa tarde, querida? — perguntou quando me aproximei. Carter não soltou a minha mão e a apertou mais forte, mostrando que os papéis se inverteram. A tranquilidade tinha me tomado e a ansiedade era sua melhor amiga agora.

— Confesso que estava nervosa. Na noite passada, não dormi muito bem por causa dos preparativos do casamento e por estar curiosa para saber o sexo do bebê.

Michelle sorriu e lançou um olhar para Carter.

— E como está o papai?

Ele abriu um sorriso gigante.

— Porra, estou maluco para saber!

A doutora soltou uma risada pela espontaneidade. Ela já tinha se acostumado com o palavreado intenso, que não escondia que o meu noivo era o vocalista da maior banda de rock do momento. Ele era um rockstar, pelo amor de Deus. Não havia como esconder, nem se quisesse.

— Eu imagino — Michelle pronunciou, levando-nos à sala de exames. — Na última vez, não conseguimos. Vamos ver se o bebê deixa a gente descobrir?

Eu e Carter soltamos um suspiro em conjunto, possivelmente pensando a mesma coisa: se não soubermos agora, a curiosidade vai nos consumir. Já tínhamos escolhido os nomes e só faltava preparar o quartinho com a cor certa. Estávamos esperando por isso, curiosos, apaixonados, morrendo de amores e só queríamos dar asas à nossa imaginação.

Mordi o lábio.

Menina ou menino?

Eu precisava muito saber.

Aline Sant'Ana

Carter

Eu tinha que ser paciente, pois Erin estava uma pilha de nervos, só que... *merda*. Eu não consegui esconder, quando começamos a caminhar em direção à sala de exames, a ansiedade tomou conta de mim. Já tinha participado desse exame, já sabia que escutaria o pequeno coração e reconheceria, mais uma vez, como era a emoção de saber que o fruto do meu amor pela Fada existia, que o nosso filho estava para chegar, porém eu acredito que nunca iria me acostumar, isso nunca ficaria menos emocionante e possivelmente eu não deixaria de pagar mico na frente da doutora Michelle.

A médica sorriu para mim enquanto espalhava o negócio grudento e gelado na barriga da minha noiva, como se soubesse exatamente o que se passava na minha cabeça. Será que todos os homens ficavam angustiados? Será que todos eles sentiam tudo o que eu estava sentindo? Muito egoísmo da minha parte pensar que eu era o único apavorado. Mas, agora, faltando cinco meses para o nascimento, era como se o amor pelo bebê crescesse proporcionalmente à ansiedade maluca.

Lá vamos nós...

— Hey. — Uma voz doce me trouxe para o agora. Os olhos bem azuis e emocionados eram como as águas intensas do Caribe, onde dei o primeiro mergulho em direção à nossa história. — Você está comigo?

Toda vez que eu olhava para ela, os cabelos vermelhos, os olhos bem claros, a pele suave, a barriga levemente saliente, pensava que todo o meu coração estava lá, como se ele pudesse bater longe do meu corpo, como se pudesse viver apenas com ela e com o nosso bebê.

Minha noiva sorriu e aquilo foi capaz de me acalmar um pouco. *Nós vamos ficar bem, o bebê está bem e nós vamos descobrir se é ela ou ele*, seus olhos diziam. As bochechas estavam vermelhas e eu sabia que ela estava prestes a cair em lágrimas descontroladas. Todo o tempo de espera para termos a chance de ver o sexo e agora era a hora de saber se estava tudo certo.

— Estão prontos? — a médica indagou.

Uma dose forte de animação me atingiu quando Michelle colocou o aparelho sobre Erin. A tela se acendeu e uma pequena imagem borrada se formou. Levou algum tempo para enxergarmos nitidamente, porém eu já podia sentir a emoção coçando a garganta.

O silêncio.

As batidas do coração do bebê por toda a sala.

— Olha só! — Michelle exclamou, sorrindo. — Ele quis se mostrar para nós hoje.

Erin abriu a boca, mas nenhum som saiu de seus lábios. Eu apertei sua mão, que segurou a minha com a mesma força.

— Ele? — eu questionei.

Michele ficou em silêncio por um segundo e sorriu de novo. Ela tirou os olhos da tela e encarou-nos.

— Vocês vão ter um menino, parabéns!

Erin levou as mãos ao rosto e tudo o que pude ouvir foram as batidas rápidas do meu coração nos tímpanos. Um menino! Nós teríamos um garoto, caramba! Tínhamos pensado nos nomes, levantamos diversas hipóteses e, por fim, optamos por um de cada sexo. Nos apaixonamos por diversos rostos, por inúmeros sonhos e agora já sabíamos que ele...

— O nosso Lennox, meu amor! — Ouvi os soluços de Erin, que me puxou para um abraço imediato. Eu me inclinei sobre ela, sem pensar em mais nada. Só pude ouvir o som da porta se fechando e a voz da Michelle avisando que nos daria privacidade.

Colei minha testa na sua e assisti os olhos apaixonados me admirarem de volta. Erin sorriu, lágrimas salgaram nossa pele e o beijo que dei em sua boca foi como a felicidade em gesto. Senti sua língua tremer na minha, enquanto Erin ainda chorava no meio do beijo quente e molhado. Não estávamos nos beijando por uma emoção qualquer, mas sim pelo sinônimo da certeza de que isso era incrível.

A fé de que o amor bastava, mesmo que levasse sete anos, mesmo que não pudesse acontecer quando tinha que acontecer, mesmo que o destino pregasse peças... a fé de que a vida precisava ser assim e eu precisei enfrentar tudo o que enfrentei — assim como Erin — para poder ter finalmente o gosto nos lábios da alegria incontida, da emoção inabalada, da vida em família.

Eu teria esperado milênios, desde que a nossa história pudesse caminhar

Aline Sant'Ana

16

assim.

— E agora? — ela me questionou, afastando-se do beijo. O rosto marcado pelo choro me fez querer colocá-la em meus braços e nunca mais soltar.

— Bem, eu acho que vamos ter que começar a providenciar as coisas do garoto.

Erin piscou rapidamente e eu sequei seu choro com meus polegares.

— Um menino. Vou ter dois homens por quem daria a minha vida.

Um sorriso tomou meus lábios antes que eu pudesse conter.

— Somos os homens da sua vida, Fada. E você é a mulher da nossa.

— Até os vinte anos dele, talvez eu seja a mulher de sua vida. — Erin abriu um sorriso ainda mais largo e colocou a mão na barriga. — Lennox, meu anjinho, eu mal posso esperar para ver você...

O diálogo seguiu com Erin conversando um pouco com ele. Afastei-me para observá-los, para digerir a grande notícia. Já podia imaginar como seria a nossa casa, com os sons infantis de Lennox, a voz da Erin... já podia imaginar todo o meu futuro, a partir do momento em que colocaria o meu sobrenome ao lado do seu e seguraria o nosso filho em meus braços.

— Ah, o telefone está tocando. — Erin puxou da bolsa o aparelho.

O sorriso de felicidade sumiu quando ela olhou a tela. Rolou os olhos impacientemente e não levei dois segundos inteiros para reconhecer que era um dos problemas sobre o casamento.

Erin estava planejando algo grande, ao contrário do seu sonho de se casar apenas entre alguns amigos, porque um de nossos consultores disse que seria mais interessante para a banda se houvesse uma cobertura de mídia completa, como se fôssemos a maldita família real.

Fiz questão de dizer para Erin que isso era uma porra de uma idiotice, que deveríamos fazer do jeito que quiséssemos, porém, falaram tanto em sua cabeça que ela acabou criando um sonho antigo de se casar entre mil convidados. Não era sonho antigo, era obrigação nova, e eu não queria que a banda a atrapalhasse.

E muito menos me importava se teria mil pessoas ou apenas uma, desde que, no final da noite, eu ouvisse de sua boca o sim.

7 dias para sempre

— Amor, você pode me dar um momento? Preciso resolver isso. — Sorriu fracamente.

Erin estava escondendo de mim — ou tentando esconder — todo o estresse que vinha passando. A equipe por trás da banda fez questão de contratar um serviço externo só para o casamento, mas Erin estava tão engajada em dar o seu melhor para o dia que ela não deixava ninguém tocar no assunto.

E isso a estava deixando mal.

Eu podia ver a impaciência construindo o caminho por cada resposta que ela dava ao telefone, podia contar nos dedos quantas vezes essas ligações não atrapalharam algo importante — como esse momento agora — e também o quanto a ideia da cerimônia estava se transformando de "o dia dos sonhos" para "a hora do pesadelo".

Caralho, a preocupação sobre ela estar enfrentando algum problema maior do que me deixava ver, veio como uma onda de vinte e cinco metros no segundo em que ela cobriu o telefone com a mão e repetiu o pedido.

— É só um segundo — falou novamente.

— Eu não posso ouvir, Fada?

Suas pálpebras fecharam.

— Sim, pode. Eu só não quero que fique preocupado caso eu tenha que começar a gritar ou até mesmo chorar. — Riu de nervoso. — Como te expliquei naquele dia, os hormônios da gravidez...

Interrompi sua fala e me aproximei. Não deveria cortá-la, mas isso era para o seu próprio bem. Fiquei tão perto que nossos narizes colaram e, quando seu semblante ficou lânguido e distraído com a possibilidade do beijo, tirei o aparelho de sua mão e o coloquei na orelha.

— Ligue mais tarde. — E desliguei.

Erin abriu a boca em choque.

— Carter!

— Você vai culpar a gravidez por todo o estresse que tem passado? Isso não tem a ver com o Lennox, mas com o que te falaram sobre esse casamento precisar ser um conto de fadas. Cara, eu não consigo pensar na hipótese de te deixar mais um segundo na organização da cerimônia.

Aline Sant'Ana

— Essa ligação era importante! — Ela ignorou todas as coisas que eu disse anteriormente.

— Sei que era, mas você não pode se estressar tanto. Cadê Kizzie, Roxanne e Lua para te ajudar, merda?

— Elas estão me ajudando e fazem tudo o que podem. Carter, eu não gostei do fato de você ter desligado o telefone. Eu precisava mesmo resolver aquilo.

— Por que você não pode deixar nas mãos de outra pessoa?

— Porque eu quero que seja perfeito!

Voltei a dar passos em sua direção. Nem tinha percebido que me afastara dela, mas havia feito no meio da discussão. Essa era a primeira prévia de briga que estávamos tendo e já podia sentir que eu estava morrendo por dentro. Ainda assim, sabia que minha atitude era protetora, apenas para o seu bem.

Levantei seu queixo, observando os olhos tempestuosos pela raiva que subitamente sentiu de mim.

— Vai ser perfeito da maneira que for, Erin. Se algo der errado, vamos apenas lidar com isso. Pare de se preocupar tanto. Tenho certeza de que vai ser incrível.

— Eu só queria um casamento tranquilo, não sei por que me meti nisso. Não me diga o que eu preciso fazer agora, Carter. Já é tarde — desabafou, fechando as pálpebras.

— Só pare de se preocupar tanto, ok?

— Como? Se falta apenas um mês para o casamento?

Erin

— É um menino.

Observei a reação de Kizzie e Roxanne. Ambas abriram a boca várias vezes e depois vieram me abraçar com todo o carinho. Eu já tinha ligado para Lua, a fim de contar a novidade, e, como ela não podia estar conosco agora, precisei fazer por telefone. Depois, com certeza, iria visitá-la.

— Um garotinho! Ah, já pensou em como ele vai ser? Posso apostar que terá os seus cabelos ruivos — Roxanne disse, abrindo um sorriso.

— Seria incrível se ele fosse ruivo, Erin — Kizzie completou.

— Eu mal posso esperar para vê-lo. Ainda sinto que falta tanto para o dia chegar — reclamei.

— Cinco meses passam voando.

— Com certeza — Roxanne acrescentou logo depois de Kizzie.

No entanto, por mais empolgada que eu estivesse com a notícia, ambas perceberam que algo estava errado.

— O que aconteceu? — Roxy logo perguntou.

— Nós discutimos. — Suspirei pesarosamente.

— Discutimos? Nós? — Kizzie perdeu o rumo da conversa.

— Eu e Carter.

Denunciando que não acreditavam no que tinham acabado de ouvir, passado um minuto, escutei a risada de Kizzie e Roxanne. Depois da consulta com a doutora Michelle, havia marcado com as garotas de experimentarmos, antes que ficasse tarde demais, o bolo do casamento. Mesmo que Lua não pudesse estar conosco e eu sentisse sua falta, reconhecia que precisava de toda ajuda disponível, já que Lennox vinha me causando enjoos frequentemente e isso poderia estragar a experiência e dificultar a decisão.

— Sério, Erin? Você e o Príncipe Encantado discutindo? — Roxy elevou a sobrancelha definida e mostrou um sorriso esperto.

Sentamo-nos à mesa principal e fomos atendidas como rainhas. A cada instante, um pedaço de bolo era entregue e fomos recebendo rodízios de todos os tipos até que finalmente pudéssemos voltar à conversa principal.

— Fale tudo e não nos esconda nada sobre a fofa discussão — Roxanne pediu.

— Ele se meteu nos preparativos do casamento, não é fofo. O fato de ele não querer que eu faça mais nada me incomoda. — Coloquei um pedaço do bolo na boca assim que o puseram sobre a mesa. Limão e pêssego. Definitivamente uma combinação que não gostei.

Aline Sant'Ana

— Como foi a discussão? — Kizzie indagou, encarando-me com atenção.

— A mulher do buffet ligou, provavelmente para fechar o cardápio, e Carter ficou maluco porque, bem, ultimamente tenho me estressado mais do que o normal. Pus a culpa na gravidez, por estar tão sensível, mas...

— Ele não caiu — Kizzie concluiu.

— Não. Ele sabe que o casamento tem me deixado maluca.

— O Príncipe Encantado só está preocupado com você — Roxy esclareceu, usando o apelido que deu a ele. O que era extremamente engraçado a respeito de Roxy era que, para cada menino, ela criara um. Yan era Hércules, o herói da mitologia grega. Zane era Casanova, decorrente de um escritor italiano que transava com meretrizes no passado, e Shane, irmão do Zane, era chamado de Tigrão, o que era muito hilário, só pelo fato de ele ter um tigre negro tatuado nas costas. O apelido era ridículo. Shane odiava, mas Roxanne usava-o mesmo assim. — Ele quer o seu bem, Erin.

— Eu sei disso, não o culpo, mas preciso resolver as coisas. Estamos tão perto...

— Acho que você está planejando algo que não quer e sem motivo algum — Kizzie pronunciou. — Erin, seria tão especial se fosse uma coisa pequena, da maneira que você sonhava quando mais nova. Lembro-me de ter contado para mim, em uma das conversas, que sonhava em se casar na praia, ao lado das pessoas que realmente importam.

— O que eu não entendo é: por que querem fazer tanto alarde sobre o casamento? — Roxy completou. — A maioria dos famosos se casa em alguma ilha escondida só para, no máximo, cem pessoas. E te colocaram num planejamento para mil? Eu não compreendo a visibilidade disso.

— As fãs são loucas por nós — expliquei, dando chance a outro bolo. Chocolate com um toque suave de morango. Clássico e especial. — Essas pessoas torcem pela gente desde que Carter anunciou no Instagram que estávamos juntos. Como elas não poderão ir, seria interessante que tivessem acesso.

— Mas você está fazendo isso por elas ou por você? — Kizzie logo matou a charada, tomando minha mão na sua sobre a mesa. — A banda é importante, entendo muito sobre isso, e sei que a visibilidade será incrível a partir do momento em que tiverem acesso às fotos. Ficará lindo. Mas e então? O dia mais feliz da sua vida não será o seu dia, mas sim o dia dos outros.

7 dias para sempre

As palavras de Kizzie me atingiram duramente. A cerimônia não estava sendo feita para mim e Carter, mas para o público. Será que estive tão cega durante os preparativos que me esqueci de perguntar a ele o que pretendia? Ou de ouvir a minha própria voz a cada tomada de decisão?

Agora, faltando trinta dias para o casamento, com tantas coisas para arrumar, já era tarde demais para pensar em outra coisa.

— Sim, é verdade. Mas já estamos no fim. Eu só preciso...

O celular interrompeu a minha frase e eu o tirei da bolsa. Mais uma ligação do buffet. Pedi licença para as meninas, enquanto já demandava ordens. Para variar, compreenderam o meu pedido de forma errada e eu precisei lembrar de cabeça todas as coisas que estavam na minha lista. Enquanto isso, Lennox me causou borboletas no estômago, como se estivesse incomodado por eu estar tão estressada e chateada.

Não era certo com ele, não era certo com Carter, e eu não sabia o que fazer a respeito disso.

— Eu sinto muito, filho — pedi a ele, acariciando o local onde o sentira.

Lágrimas desceram por meu rosto quando Lennox me causou outra reação.

— Erin, você vai experimentar os outros sabores? — Kizzie perguntou, inconsciente do fato de eu ter me emocionado.

Pisquei e sequei as lágrimas.

Ainda de costas, respondi de olhos fechados:

— Já me decidi. Vamos de morango e chocolate.

Carter

Comecei a dedilhar o violão junto com Zane. Ele estava sentado no sofá oposto, de frente para mim, enquanto seu irmão e Yan tinham saído para buscar pizza para o almoço. Erin tinha saído com as garotas e eu não parava de pensar em uma maneira de resolver todos os problemas que a banda a tinha enfiado.

Aline Sant'Ana

— Quero demitir o filho da puta que falou para Erin que ela precisava fazer o casamento do jeito dele. Realmente não acredito que deram qualquer informação sem passarem por mim antes. Eu deveria tê-lo colocado no olho da rua na primeira oportunidade. Deixei isso ir longe demais.

Sem tirar os olhos das cordas, com o cigarro no canto da boca, Zane sorriu.

— Não adianta, cara. Falta pouco para o casamento de vocês.

— Ela está estressada. Isso não tem feito bem para ela, Zane.

— Eu sei. Acha que não a conheço? Sou o maldito padrinho dela, Carter.

Com os anos, a amizade entre Zane e Erin cresceu substancialmente. Eram como irmãos e agora eu nem via mais razão para ter ciúmes. A implicância, graças a Deus, foi embora.

— Sei disso. — Suspirei. — Desculpa, cara. Eu só queria tirá-la do país, levá-la para a *Playa Mia*, lugar onde descobri que amava aquela mulher, e vê-la passeando pela areia com um vestido suave... queria ouvir o sim naquele lugar e não dentro de uma catedral.

Meu encontro com Erin em Cozumel foi além de mágico, foi muito especial. Estávamos nos apaixonando, nos reconhecendo e reencontrando, vivendo um amor que não pudemos viver no passado. Eu podia tocá-la e senti-la a cada segundo, como se o mundo parasse para só o meu coração bater. Foi naquele dia que soube que jamais poderia deixá-la ir.

— Você sabe que ela adoraria se casar na praia, cara. Ela já te disse isso várias vezes, porra. — Zane riu e parou de tocar o violão. Tragou uma última vez o cigarro antes de apagá-lo no cinzeiro. Os olhos castanhos me mediram e o meu amigo deu de ombros despreocupadamente. — Por que você não inventa alguma coisa maluca, Carter? Sei lá, sequestra ela!

Comecei a rir imediatamente e a porta da entrada se abriu. Yan e Shane entraram com várias pizzas e refrigerantes.

— O que está acontecendo? — Yan questionou.

— Zane acha que a solução para o meu problema é sequestrar a Erin.

— Dope-a com um sexo bem interessante, leve-a no colo até o carro, dirija até o aeroporto. Eu e os caras te ajudamos, a propósito. Depois, você a coloca dentro do avião e, quando Erin acordar, BOOM! México!

7 dias para sempre

Shane olhou para o irmão como se tivesse nascido uma segunda cabeça sobre seu pescoço e Yan começou a rir junto comigo.

— Cara, você tem problemas — Yan disse.

— Irmão, pelo amor de Deus. Eu sabia que era maluco, mas isso de sequestro... — Shane completou.

Nós todos começamos a rir e a abrir as caixas das pizzas. Começamos a conversar sobre outros assuntos e os caras me deram parabéns pessoalmente por ter mais um garoto para o clube. Disseram que ele precisava entrar como o segundo guitarrista da The M's quando crescesse, e os planos e sonhos me levaram para longe. Não sabia se Lennox teria aptidão para a música, mas sonhava que tivesse. Sonhava que ele pudesse compartilhar essa paixão, ainda que estivesse consciente de que respeitaria qualquer que fosse sua decisão para a vida.

— Hey, Carter — Yan me chamou e estreitou os olhos, como se estivesse pensando em algo. Em seguida, se inclinou em minha direção e sorriu.

— O que foi? — perguntei.

— Acho que eu tive uma ideia.

Aline Sant'Ana

24

7 dias para sempre

CAPÍTULO 2

Cause it's a mad world but it's crazy
Crazy how you make the bad turn to amazing
And I don't want to lose this now
I don't want to lose this now
No, I don't want to lose this now
Cause it's a mad world

— *Hardwell feat Jake Reese, "Mad World".*

Erin

Era como se eu tivesse prendido a respiração desde a nossa discussão, com medo de que ele tivesse ficado magoado comigo. Carter desaparecera por horas até a noite chegar, e eu só soube do seu paradeiro porque Zane enviou uma mensagem, explicando que meu noivo estava na casa do Shane preparando algumas coisas para a banda. Acrescentou ainda que Carter dormiria lá e pediu que eu não ficasse apavorada.

Meu sexto sentido feminino apontava que a atitude de Carter era sinônimo de mágoa e não de trabalho, ainda que Zane quisesse me tranquilizar.

Acordei na espaçosa cama da nossa casa em Miami, ouvindo o som dos pássaros e do mar caindo em ondas densas pela ressaca. Assim que abri os olhos e tomei consciência do que estava acontecendo, de que estava sem Carter, passei a mão por toda a barriga para sentir a companhia. Lennox, eu podia imaginar, ainda estava num sono profundo, pois não fez qualquer alarde, como as usuais sensações de borboletas voando pelo meu estômago.

É, eu estava me sentindo solitária. Nem quando Carter viajava e eu não podia acompanhá-lo durante semanas experimentava essa sensação. Muito menos quando passava um mês inteiro sem seus beijos e toques. Era diferente porque, mesmo à distância, eu sabia que tudo estava bem e agora, sem notícias, era como se algo dentro de mim reconhecesse que tinha uma coisa muito errada.

Não era do feitio do Carter fazer birra ou sumir por qualquer motivo idiota. Ele era o primeiro a tentar remediar as coisas. Mas tinha algo diferente

Aline Sant'Ana

em sua atitude dessa vez, como se ele estivesse me dando uma lição. Os momentos importantes que perdemos em decorrência do planejamento do casamento também o deixavam solitário, e não tinham volta.

Ok, entendi o recado, agora o meu vocalista já podia voltar para casa.

Espreguicei-me e procurei o celular com a mão, vendo que havia uma ligação perdida da Lua. Telefonei para ela e esperei três toques antes de escutar sua voz do outro lado. Conversamos sobre tudo — desde as partes boas até as más — e, por uma longa meia hora, esqueci de como me sentia pequena dentro de uma casa tão grande.

Lua me confortou.

— Você vai estar lá? — perguntei, já no final da ligação, questionando se iria me acompanhar na escolha do vestido.

— Com toda certeza!

Desligamos e me obriguei a tirar os pés da cama. Fui para o banho e fiz tudo o que tinha que fazer. Quando estava pronta para sair, recebi uma ligação de Kizzie e Roxanne, que estavam juntas, preparadas para também se encontrarem comigo no ateliê.

Pensei em ligar para Carter, para lembrá-lo de que nós dois tínhamos um compromisso hoje. Ele faria a prova do terno em um lado da cidade e eu, do vestido, no outro. Seria a desculpa perfeita para lembrá-lo; na realidade, a desculpa perfeita para ouvir sua voz.

Assim que girei a chave na ignição, sua música tocou na rádio e aquilo era mesmo um toque do destino pedindo que eu resolvesse logo isso.

Reconhecendo que seria idiota me privar de falar com ele, disquei seu número.

— Oi, Fada — atendeu no primeiro toque.

Apertei o volante com mais força e girei os punhos para me acalmar.

— Oi, amor — eu disse. — Você está bem?

— Sim, estou sim. Desculpe não ter ido para casa ou ter te ligado. Aconteceu um imprevisto. Kizzie te contou?

Kizzie? Um imprevisto? Minha cabeça começou a girar. Tudo estava bem com a banda. Nada de novo acontecendo. O que seria, então?

7 dias para sempre

27

— Não, ela não me contou nada.

— Bem, vou para casa para o jantar. Lá nós podemos conversar. Sinto muito por estar ausente hoje, minha linda. Porra, me mata ficar sem você e o Lennox, mas preciso resolver tudo isso.

— Estamos bem? — questionei.

Pude ouvir sua respiração pesada do outro lado, causando cócegas em cada parte do meu corpo. Não entendia como um homem era capaz de, tão subitamente, ser responsável pelas melhores sensações do mundo. Mas ele digno de todos os pelos erguidos da minha pele e da sensação imediata de alívio do coração pesado e preocupado.

— É claro que estamos.

— Ah! — O alívio se tornou evidente. — Seja lá o que quer que esteja fazendo, não se esqueça de que hoje é a prova do seu terno.

Carter parou de respirar audivelmente. Pude escutar o celular ficar em silêncio completo.

— E do seu vestido — acrescentou com a voz rouca.

Sorri ao reconhecer que para ele era importante como eu estaria no dia.

— Sim, com certeza.

— Fada... — Em seguida, fez uma pausa.

— Sim?

— Eu te amo. Vou sempre te amar.

Tomei um segundo para me recuperar da forma como suas palavras mexeram comigo.

— Amo você também, Carter. Nos vemos à noite.

A ligação ficou muda, sinal de que ele tinha desligado. O peso que nem sabia carregar foi embora depressa, como uma nuvem tomada por um vento forte e incontrolável.

Respirei aliviada, emocionada e em paz.

Eu tinha um vestido para experimentar.

Aline Sant'Ana

Carter

Depois de ter feito a prova do terno do casamento, voltei para a casa de Shane. Yan estava debruçado sobre a mesa, encarando a tela do computador, e eu estava em pé, andando de um lado para o outro, sinal claro do nervosismo. Zane e Shane estavam no telefone, cancelando algumas coisas e dando vida a outras.

Confesso que, quando Yan me contou qual era o seu plano, morri de medo. Cara, medo pra caralho mesmo! Porque, se desse errado e a Fada não gostasse, ela muito possivelmente terminaria comigo.

— Eu não quero nada disso! Pode cancelar. — Ouvi Zane resmungar com alguém na linha.

Ele estava dizendo que não queríamos nada e poderiam passar o salão para outra pessoa, porque o casamento não estaria mais acontecendo.

— Carter, acho que consegui o telefone. Quer ligar? — Yan atraiu a minha atenção, estendendo seu celular.

Medo me consumiu em proporções novas. Para fazer o plano dar certo, eu tinha que abdicar de todas as coisas que Erin levou meses planejando e teria que passar por cima da loucura na qual ela se deixou levar. Para dar certo, era necessário desistirmos do casamento, da cerimônia, da catedral, dos mil convidados e da imprensa. Para que desse certo, eu precisava fazer Erin sair de uma fábula desinteressante para cair na nossa história e viver o que ela merecia.

Mas, apesar de reconhecer o que era melhor para ela — para nós —, cancelar a sua ideia era, no mínimo, falta de respeito. Erin poderia me odiar pelo resto da vida por ter deixado tudo para trás e planejado algo novo, ou ela poderia me amar por ter tido coragem e meios para conseguir deixar um casamento que era tudo, menos nosso, em segundo plano.

Torcia, do fundo do coração, para que fosse a segunda opção.

— Carter? — Yan me chamou mais uma vez, consciente de que estava disperso.

— Sim, eu vou ligar.

Yan parou com o telefone no meio do caminho e me encarou atentamente. Era difícil para um cara como ele, tão perceptivo, não reconhecer que o medo se instalara em mim. Ele possuía um radar para esse tipo de coisa e, assim como Zane, o fato de me conhecer muito antes de eu criar pelos o fazia me ver como se tivesse um manual de instruções.

— Você acha que a Erin não vai gostar do que estamos fazendo? — questionou, elevando a sobrancelha.

— Estou cancelando o casamento que ela planejou durante todos esses meses, Yan. Estou ligando para todos os lugares e dando um fim a cada escolha minuciosa que a minha noiva fez. Eu sei o quanto isso foi trabalhoso para ela, da mesma forma que sei que, apesar de todo o trabalho, Erin estava infeliz. De todo jeito, porra, é um tiro no escuro. Ela pode odiar o fato de eu ter me intrometido e imposto o que é melhor para ela.

Zane e Shane se aproximaram e sentaram-se perto de nós. Os três ficaram me encarando com um olhar inquieto, como se quisessem dizer alguma coisa, até Zane não se aguentar e começar a expor sua opinião.

— Erin parecia um zumbi nesses últimos dias, cara. Você deu uma boa olhada na mulher que ama? Ao invés de engordar, por causa da gravidez, só a vi perder peso, Carter. Na boa, isso não é legal. Essa ideia do Yan pode até ser um pouco radical, mas, assim que ela vir tudo o que você está fazendo, vai te agradecer.

— Acho que ela vai ficar aliviada em saber que o casamento vai ser do jeito que ela sempre quis, sem precisar se responsabilizar pela decisão final, de cancelar tudo o que estava fazendo até então — Shane falou, cruzando os braços na altura do peito. A heterocromia, o fato de ter um olho de cada cor, era uma das coisas a que eu nunca me acostumaria, mesmo conhecendo-o desde pirralho. — Também acho que vai ser uma forma de você mostrar que a ama, Carter. Mais uma prova do que sente. Não é fácil abrir mão de tudo e começar a correr atrás do prejuízo na altura do campeonato.

— Concordo com Zane e Shane. — Yan esboçou um sorriso tranquilizador no rosto, como se quisesse me acalmar. Ele esticou um copo de refrigerante para mim e apontou com o queixo para seu computador, no qual eu via que ele já estava bem adiantado na programação do novo casamento. — Trabalharei duro para que vocês possam viajar. Farei o possível e o impossível para ficar o mais organizado que puder. Agora, entendo seu medo de seguir em frente com essa ideia um pouco maluca, mas tudo o que eu preciso é que você ligue

Aline Sant'Ana

para o resort e veja se existe a possibilidade de pagarmos para eles fecharem a maioria das hospedagens por uns dias. O plano precisa dar certo.

Yan fez uma pausa e eu bebi o refrigerante.

— Acha que consegue? — completou, esticando o aparelho para mim.

Planejar um casamento novo, ao lado de caras que não sabiam merda nenhuma sobre cerimônia, ia render muito trabalho. Nós realmente não entediámos o que era necessário e, apesar de Yan ser organizado e metódico, isso não era o bastante. Cores, combinações, convites, e toda essa merda... nós teríamos que pegar o espírito de uma noiva e torcer para não fodermos com tudo.

Além disso, eu precisava contar uma mentira para a minha mulher. Várias delas, aliás, para conseguir fazer isso dar certo. A primeira delas era inventar um show de última hora e alegar que não poderíamos aproveitar a lua de mel, o que, honestamente, faria as minhas bolas serem cortadas no final do dia.

Resignado, coloquei o celular na orelha. Em seguida, pedi que eles fizessem uma reserva de todos os quartos desocupados em meu nome, para que ninguém nos incomodasse com os planejamentos da cerimônia.

— O senhor tem certeza? — indagou a recepcionista através do celular.

Olhei para os caras, que estavam me apoiando, um pouco apreensivos com tudo o que estava acontecendo. Ficaria em dívida com eles pelo resto da vida, se isso desse certo.

— Sim. Você aceita cartão de crédito?

Erin

Ter as minhas amigas por perto deveria me causar certo alívio, mas, ao contrário disso, eu estava apreensiva. Através do reflexo do espelho, observei um vestido cair do meu corpo até o chão e rapidamente as funcionárias o tirarem para passarmos para o próximo.

Este era o décimo quinto que eu estava experimentando, sendo que o vestido já estava decidido antes e eu optei por mudar de última hora. As vendedoras começaram a falar que não daria tempo de fazer todos os ajustes, mas as ignorei. Sabendo como, ao menos isso, era importante para manter a minha identidade, eu não conseguiria abrir mão.

Então, os vestidos de princesa estariam caindo fora.

— Eu acho que o ideal seria algo com tecidos em movimento — Kizzie aconselhou.

— Não quero nada muito tradicional — esclareci, concordando.

A vendedora me observou por um tempo até me questionar se a escolha do vestido não estava ligada ao desejo secreto de me casar ao ar livre.

— Não imagino que todas as noivas utilizem os tradicionais na igreja. No entanto, dependendo do que você for vestir, não irá combinar com o padrão da festa que elaborou — timidamente, a vendedora disse.

— Eu sei, eu só... — Suspirei, precisando de um momento. — Posso olhar as outras opções?

— Claro que sim. — Uma das garotas rapidamente correu para buscar outras versões.

O tempo depois disso passou voando. Peças foram vestidas e de outras desisti apenas ao olhá-las. Quando já estava cansada demais para erguer os braços, as pernas e fechar e abrir botões, a vendedora tirou de um dos cabides uma peça que fez meu coração palpitar.

A parte de trás era nua, em formato de U. Nas bordas, rendas justas desciam, acompanhando o formato do corpo até cair em várias camadas, em um bem movimentado tecido de encontro aos pés. Na frente, as alças rendadas e o decote discreto acompanhavam o mesmo caimento. Pequenas pedras brilhantes nas alças e busto deixavam a peça delicada, encantadora e, ao mesmo tempo, não exageradamente tradicional.

Conforme pedi para me ajudarem a colocar o vestido, senti-o cair em mim como uma luva. Quando fecharam o discreto conjunto de botões e o zíper lateral e pude finalmente me movimentar, notei que, conforme andava, o vestido acompanhava com perfeição o movimento das pernas e isso somado a um véu seria...

Absolutamente perfeito.

Namorei o reflexo por mais um tempo e pedi conselho às vendedoras. Elas me disseram que não teria problema usá-lo na cerimônia e eu não precisei de mais nem meia palavra para decidir por ele. Teríamos que ajustá-

Aline Sant'Ana

32

lo em algumas partes, mas nada que, de acordo com elas, levasse mais de uma semana. Ele realmente foi feito para ser meu e, antes que pudesse pensar em qualquer coisa, recebi um abraço grupal repleto de lágrimas, emoção e carinho.

Horas mais tarde, o sol já estava se pondo em Miami. Despedi-me de todas as meninas e fui até o carro, pensando sobre como esse dia tinha sido maluco. Um misto de emoções entre ansiedade, afobação e angústia me dominou por completo. Eu não tinha visto Carter e, como ele me disse que estava planejando voltar para casa à noite, ouvi o pobre coração acelerar em expectativa.

Parei em frente à nossa casa e vi que as luzes estavam acesas. Ao sair do carro, escutei um rock clássico tocando lá dentro. O gosto musical de Carter não ia além disso, ainda que gostasse de várias alternativas do mesmo gênero. Soube que ele estava preparando algo para jantarmos quando, antes de virar a chave na fechadura, senti um aroma maravilhoso de macarrão ao forno.

A meia-luz deu um toque especial para a decoração e combinou bem com o clima que imaginei ser a proposta: romântico, sexy e com cara de reconciliação. Retirei a bolsa do ombro direito, já com um sorriso no rosto, e coloquei-a sobre a mesa central. Desfiz-me dos sapatos e andei descalça pelo piso confortável de madeira. Fui pé ante pé até a cozinha, apenas para ter certeza do que já imaginava.

Carter usava apenas o jeans escuro e sua pele tatuada estava à mostra, enquanto suas mãos ágeis movimentavam as panelas e sua boca se movia ao som de Steven Tyler. Senti aquelas coisas bobas que adolescentes sentem quando estão apaixonados. Queria enterrar meu nariz em seu pescoço e abraçá-lo até que nossos corpos doessem. Queria que ele largasse as panelas de lado e me puxasse para um beijo que faria todas as roupas irem embora e depois... ah, o depois...

Ele se virou e parou tudo o que estava fazendo pelo susto ao me ver de pé, observando-o. Encarou-me por longos segundos antes de desligar o fogão elétrico e soltar um suspiro pesado. Eu sabia que meus olhos denunciavam todo o desejo que a minha mente esboçava, pois Carter parecia me ler além daquilo que eu gostaria que ele visse.

Um sorriso preguiçoso apareceu no canto da boca e os olhos verdes semicerram-se.

7 dias para sempre

— Oi.

— Oi — ecoei o cumprimento.

Ele lavou as mãos na pia, secou e deu a volta no balcão para chegar até mim. Os olhos curiosos mediram todo o meu corpo e ele deu passos suficientes para que pudesse me tocar. Suas mãos vagaram por minha cintura e os polegares adentraram a camiseta que eu vestia, fazendo círculos na pele e arrepiando-me em todas as partes certas.

— Me desculpa por ontem — comecei, porque precisava falar antes que nós dois deixássemos o desejo sobrepor a conversa. — Na verdade, me desculpe por tudo. Esses últimos meses têm sido corridos e difíceis, devido ao casamento. Não vou mentir para você nem omitir as coisas que têm me incomodado. Não mais.

Com um carinho redobrado, Carter me admirou. Seus dedos ainda me acariciavam e a música tocava como o pano de fundo perfeito. Ainda que sentisse certo receio em sua expressão, ele tentou mascarar bem a reação atrás de um sorriso.

— Eu não deveria ter me intrometido na ligação, sei que foi errado. Todas as atitudes que tomo são pensando no seu bem-estar e do Lennox. Compreendo que tem sido complicado.

— Tem sido sim, mas é culpa minha. Acabei me enfiando dentro de algo que não gostava, até ficar tarde demais para voltar atrás — confessei.

Um brilho passou por seus olhos, agora era de felicidade e segurança. Ele trouxe meu corpo para perto do seu e, com um movimento suave, senti a boca raspar na minha orelha e todos os pelos se ergueram em alerta. Carter mordiscou de leve a cartilagem e passou a ponta da língua quente antes de morder mais uma vez.

— Você não precisa se desculpar. Tudo vai se resolver, Fada. Eu garanto — prometeu antes de agarrar a borda da minha camiseta e puxá-la lentamente de mim.

Ele se afastou e me olhou sem pressa, como se a salvação da humanidade dependesse do que faríamos a seguir e precisasse de cautela. A conversa e o jantar? Ficariam para mais tarde, pois o homem à minha frente parecia determinado. A cor da íris se tornou escura e as pupilas dilataram suavemente quando levei as mãos para trás, a fim de desprender o fecho do sutiã.

Aline Sant'Ana

34

Ouvi um palavrão sair entre os lábios bonitos quando enganchei os polegares na calça social e a fiz escorregar pelos quadris. Quase nua, exceto pela calcinha, meu corpo estava aceso como uma lareira reabastecida para um inverno rigoroso. As chamas dançaram nas laterais da barriga e as sensações quentes e frias de prazer brincaram embaixo da pele. Já sentia o pulsar do coração e de algum lugar bem sensível entre as pernas que, francamente, eu adoraria que ele tocasse.

— Senti sua falta na noite passada — confessei.

Assisti-o umedecer a boca e soltar uma lamúria como se fosse um rosnado satisfeito. Um segundo depois, o corpo rígido estava grudado ao meu e nossos lábios, colados. A língua dançou entre o beijo até encontrar o caminho perfeito e fazer minha cabeça tontear. Ele se inclinou enquanto suas mãos já agarravam a minha bunda e me erguiam do chão. Fiz as pernas passarem pela cintura firme e consegui força o bastante para me manter erguida. Entre os corpos, o aviso de sexo iminente em formato de uma ereção escandalosa me fez arranhar a pele embaixo das unhas.

— Quarto. — Isso era tudo o que eu precisava dizer.

Observei-o enquanto sentia a movimentação embaixo de mim. Carter começou a caminhar em direção ao quarto e, durante esse tempo, eu só tinha olhos para sua fisionomia perfeita. As bochechas coradas, os lábios já inchados depois do beijo apaixonado, o peito subindo e descendo pelo esforço. Acariciei o rosto marcado pela barba de um dia e dei um beijo suave antes de senti-lo abrir a porta que nos levaria à cama.

— Quero ir com calma.

Ele me deixou na cama e imediatamente puxou a calcinha para baixo. Carter desabotoou os jeans e me olhou com atenção.

— Você não precisa ir com calma. — Ergui a sobrancelha.

O lábio inferior foi mordido com força, como se ele quisesse se punir. Largou o jeans entre as coxas e a ereção me deixou surpresa ao aparecer rígida e imediatamente.

Sem cueca...

— Eu preciso conversar com você, te contar uma coisa. — Mordeu o lábio novamente, deixando-o tão vermelho e inchado que eu queria tocá-lo. Desceu o olhar semicerrado e predador por todo o meu corpo, passando com certo

7 dias para sempre

cuidado pelos seios e a intimidade exposta. Não tínhamos vergonha, muito menos pudor. No entanto, cada vez que o via me encarar assim, sentia como se fosse a primeira vez. — Mas, então, eu senti sua falta. E eu sou viciado no teu corpo... totalmente viciado em cada parte sua. Caralho, eu...

— Não peça desculpa por me amar.

Aquilo o fez travar no lugar. O maxilar se moveu e uma veia saltou na lateral do seu rosto. Eu já sabia que dizer a palavra de quatro letras o tiraria da razão, que ele se excitava incontrolavelmente quando eu gemia baixinho declarações de amor ou arranhava suas costas e pedia para ele ir fundo, para me mostrar como podia me amar com seu corpo. Aquilo era mais excitante do que dizer palavras sujas, do que fazer sexo selvagem. Era como ativar um gatilho de prazer, como ativar o botão específico que o levava ao abismo.

— Merda, Erin...

Desci as mãos por meu corpo, atiçando os pequenos pontos inchados e sensíveis, graças à gravidez. Carter parecia que estava a um fio de pular sobre mim e eu gostei de ver isso em seus olhos. Acariciei até o formigamento viajar dos seios à barriga e descer além do umbigo. Novamente, vi seu lábio ser mordido e a maneira que, em seguida, Carter puxou os cabelos para trás dos olhos fez minhas pálpebras tremularem.

— Tenho certeza de que podemos conversar depois.

— Você pode ficar chateada com a conversa.

Sorri para ele.

— Então, acho bom você me aproveitar antes de eu fazê-lo ir dormir no sofá.

Aline Sant'Ana

7 dias para sempre

CAPÍTULO 3

Dear God the only thing I ask of you is
to hold her when I'm not around
when I'm much too far away

— *Avenged Sevenfold, "Dear God".*

CARTER

Eu sou um idiota.

Deveria estar conversando com a Erin, elaborando a mentira perversa que com certeza a faria me odiar, tudo por um motivo maior: nosso casamento. Mas lá estávamos: eu, enfeitiçado por suas curvas como se fosse um pirata perdido e ela, a interpretação perfeita de uma tentadora sereia. Não conseguia me desvencilhar do seu corpo nem se uma maré me levasse e muito menos seria capaz de dizer não àquela mulher nua, gemendo baixinho, enquanto se acariciava.

Ah, tão gostosa e tão minha...

Cobri seu corpo, sentindo as suaves curvas me envolverem como fogo em brasa. Éramos, de repente, um incêndio. Sua boca colada na minha, a língua depressa circulando por dentro e por fora, vagando por meu pescoço e, através do caminho, sentindo a barba áspera de encontro à maciez.

Éramos duro contra macio, quente a favor do quente, e, a cada movimento que ela fazia embaixo de mim, o meu corpo se tornava um furacão, disposto a se transformar apenas por Erin, a ceder a cada um de seus encantos, a provar cada um de seus sabores, a esquecer o depois e viver apenas o agora.

Cada.

Precioso.

Segundo.

— Carter...

Seus calcanhares prenderam meu corpo e eu apoiei o cotovelo ao lado para não machucá-la. Beijando sua boca com carinho e cuidado, ansioso para

Aline Sant'Ana

38

senti-la e, ao mesmo tempo, temendo o momento que encerraríamos isso, deixei que o meu pau fizesse o caminho apertado e molhado que nós dois tanto desejávamos.

Praticamente rosnei quando a senti pulsar em torno da cabeça.

A respiração de Erin bateu forte no meu ouvido e os dentes grudaram em algum lugar do pescoço, para buscar suporte em meio ao prazer. Prová-la, era saborear o paraíso. Eu poderia escrever canções inteiras enquanto ela gozava, poderia descrever o amor no exato segundo em que nossos corpos se uniam.

— Eu te amo. — Ela vibrou, sabendo que aquilo me faria perder o bom-senso e com toda a certeza me movimentaria. Gemeu porque queria mais de mim e eu estava adiando ao máximo para que não terminássemos tão depressa. — Te amo tanto, Carter.

Eu deveria dizer que a amava também, no entanto, não fui capaz. O urro que chicoteou meus sentidos me fez realizar exatamente o que ela queria. Como se Erin tivesse os fios certos para me puxar, o corpo seguiu o compasso e minhas mãos tiveram vida própria.

Agarrei seus quadris como se pudesse marcá-la com os dedos, mordi seu lábio e seu queixo, para depois beijá-los com a ponta da língua, somente para que Erin pudesse receber carinho depois do ardor. E, ah, merda, meu pau começou a fazer coisas ensandecidas. Dentro e fora, rápido e voraz, profundo e intenso. Aquele sexo de almas, que causa suor, boca seca e gemidos altos.

Erin abriu os olhos bem azuis, que estavam com as pupilas dilatadas, e eu desci a cabeça e, consequentemente os lábios, de encontro aos seios inchados e sensíveis. Ainda me movimentando, sem tirar qualquer parte de dentro dela, pude experimentar aquilo entre nós ficar mais escorregadio à medida que Erin grudava as unhas e os calcanhares em mim.

— Está perto, Fada? — falei rouco em seu ouvido enquanto seus seios balançavam e acariciavam meu peito. Acesos e perfeitos. Porra! — Tá pronta pra gozar bem gostoso?

— Hum... — gemeu, incapaz de me responder.

Dei um pequeno e breve beliscão na coxa e continuei caminhando até chegar aos seios. Ela arfou meu nome e procurou minha boca quando aumentei a velocidade e estoquei por longos minutos até espasmos entre nós denunciarem que ela estava gozando. Deixei que Erin continuasse por todo

7 dias para sempre

o tempo preciso, coloquei a mão entre nós e brinquei com o botão duro e molhado de prazer, vendo-a gemer ainda mais alto quando, novamente, seu orgasmo arrebatador a fez rolar os olhos.

Fui fundo e suave, apenas prolongando para chegar ao meu prazer. Minhas bolas já estavam rígidas e o pau tão largo e quente que eu sabia que não demoraria a explodir e...

— Me fode, amor — pediu baixinho, interrompendo toda a concentração que eu estava fazendo para gozar com calma.

— Caralho!

Prazer se transformou numa explosão de orgasmo incontido. Senti o sangue se concentrar em um desejo quente e liberar em ondas longas e intensas. Por alguns segundos, perdi a força do corpo, mas me mantive longe de Erin. Ela sorriu contra a minha bochecha. Corações acelerados, perfumes misturados, sexo gostoso...

E ainda tinha a conversa que eu estava adiando.

— Vamos tomar banho? — sussurrou no meu ouvido.

Concordei, porque precisava de mais alguns minutos. Levei-a até a ducha quente e lavei seus cabelos com a ponta dos dedos ensaboados de shampoo. Fiz questão de percorrer com cautela o sabonete pelas curvas macias e tomar cuidado redobrado com a barriga levemente pontuda. Erin riu enquanto eu brincava com as espumas e ficou na ponta dos pés para nossos olhares se cruzarem. Os braços foram parar em torno do meu pescoço e ela puxou meu lábio inferior entre os dentes.

— Você vai me contar o motivo dessa sua preocupação toda?

— É sobre a lua de mel.

Erin deu de ombros, como se quisesse que eu continuasse. A água sobre nós estava quente e caía com alta pressão, ao menos, fazendo os músculos relaxarem. Mentir para minha noiva não era algo que eu sabia fazer. Em quatro anos de relacionamento, todas as bobagens idiotas que omiti, como comer o último pedaço de torta e culpar as visitas esporádicas do Zane ou dizer que estava com sono apenas para fazê-la dormir nos meus braços, eu sabia... Erin conhecia cada uma delas.

— A equipe disse que aquele show que estava para ser confirmado, bem, nós vamos ter que fazê-lo — comecei a elaborar a mentira, sentindo a culpa

Aline Sant'Ana

40

me corroer. *É por uma boa causa*, pensei. — Apenas uma pequena turnê pelo sul dos Estados Unidos. Imaginei que não teríamos nada perto da data que tínhamos programado, porém, você sabe como essas coisas são. Marcadas antecipadamente e, logo após, confirmadas, eu não posso dar para trás.

O semblante de Erin foi mudando conforme eu contava a ela, sutilmente, que teríamos que adiar a viagem. A questão é que eu precisava que ela ficasse brava comigo, para que suas amigas a convencessem de que ela tinha que pegar um avião para espairecer a cabeça. Mal sabendo Erin que, na realidade, aquele voo seria o responsável pelo casamento dos nossos sonhos.

Fiz Yan contar para as amigas de Erin a respeito do plano. A essa altura, elas já estavam sabendo de tudo. Confesso que, merda, se Kizzie, Lua e Roxanne não me apoiassem, todo o esforço seria em vão e eu só seria capaz de saber o veredito no final dessa noite.

E, além do mais, tinha muita coisa para ser feita. Yan, Zane e Shane marcaram uma reunião comigo logo após a provável discussão que teríamos essa noite. Tínhamos arquitetado tudo. Enquanto Erin estaria me odiando, os homens mais impróprios da face da Terra estariam elaborando o bendito casamento.

Porra, e se nada disso desse certo?

— O que você disse? — ela perguntou, espalmando as mãos no meu peito para se afastar. Agora, a ducha caía diretamente no chão, entre nós dois.

— Preciso viajar, Fada. São apenas cinco dias. Eu posso adiar as nossas férias, só um pouco. — Fiz a melhor cara de arrependimento que podia. Na realidade, estava perto de dizer toda a verdade, só para não vê-la ficar brava e magoada comigo. Só que, porra, Yan tinha razão... a surpresa seria a melhor parte do plano. — Podemos tirar umas férias e emendá-las na lua de mel. O que acha?

— Você está me dizendo que, depois de dizer sim, vai ter que me deixar sozinha? — Erin gritou.

Fechei os olhos e os abri.

— Estou dizendo que são apenas cinco dias.

— Depois do casamento? — Riu de desgosto, me olhando com tanta raiva e mágoa que precisei desviar o olhar para não me atingir.

7 dias para sempre

— Hum... é — respondi a contragosto.

Ela desligou o chuveiro e não se envolveu numa toalha para deixar o banheiro. Saiu nua, molhada e irada. Tudo o que eu precisava era manter a briga sob controle, apenas para que ela ficasse levemente irritada. Todavia, lá estava minha noiva, pronta para uma batalha.

Enrolei meu corpo e fui atrás dela, pingando as gotas remanescentes por todo o chão. No quarto, Erin parecia prestes a chorar. Eu quis abraçá-la, dizer que tudo isso era mentira, contar a ela que estava apenas livrando-a de uma cerimônia infeliz, que era parte de um plano para surpreendê-la...

Mas não o fiz.

— A banda é sempre mais importante do que nós, não é? — Sua voz estava alta, raivosa; o rosto, vermelho. — Eu busco um espaço na sua agenda há meses para que nós possamos nos casar e viajar em seguida. Então, de repente, surge um show inadiável que põe todos os meus planos no lixo?

— Amor...

— Quer dizer que vou ser a esposa do homem que eu amo, mas, no segundo seguinte, em que poderia aproveitar e celebrar o casamento, ele vai estar dentro de um maldito avião? — continuou, implacável.

Quando fui tentar me explicar novamente, pegou um travesseiro e jogou com força na minha direção. Eu nunca a tinha visto tão puta comigo, com qualquer coisa, mas agora minha noiva estava transtornada e eu não sabia o que fazer. Porra!

— Apenas uma hora depois da cerimônia, Fada. — Tentei me aproximar, mas ela recuou, rindo e chorando. — Nós casamos, eu viajo. Em cinco dias, estou perto de você.

— Você está estragando tudo, Carter!

— Eu sabia que você ia ficar chateada.

— Chateada? Você acha que eu estou *chateada*, caramba? Olha bem pra mim! — Erin apontou para si mesma. — Eu pareço tristinha pra você?

— Linda, por favor...

Ela bufou, andando pelo quarto nua. Pegou outro travesseiro e dessa vez o abraçou forte. Não tinha coragem de olhar para qualquer outro lugar senão meus olhos.

Aline Sant'Ana

42

— Planejei por meses a nossa lua de mel! Tirando meu vestido de noiva, essa era a única coisa que não iam tomar de mim. Sem fotógrafos, sem ninguém por perto. Mas você fez tudo isso...

Então, ela começou a chorar alto. Os cabelos ruivos molhados em torno da pele pálida pareciam incapazes de acompanhar as lágrimas que desciam rapidamente pelas bochechas. Assisti Erin sentar na cama e se abraçar. O estresse a tinha feito perder a cabeça e eu me odiava tanto naquele segundo que seria capaz de enfiar a cabeça na parede.

— Amor, são apenas cinco dias...

— Você estragou a segunda parte boa do que era para ser o melhor dia de todos! Você está colocando tudo à nossa frente e eu já deveria imaginar, já que giramos em torno da banda, ao invés de ser ao contrário. Tudo é a banda, sempre ela.

— Erin...

— Eu, elaborando a cerimônia da maneira que suas fãs querem e você, indo até o público para cantar, enquanto vou ficar sozinha em casa, pensando em como gostaria de passar os primeiros dias do resto de nossas vidas com você — continuou. — Eu nunca pensei que você ia fazer algo tão grave assim comigo.

Seus olhos estavam muito azuis quando Erin me encarou, em contraste com as bochechas vermelhas. Ela era a mulher mais linda que já tive a oportunidade de tocar, mesmo que estivesse louca da vida comigo.

— Eu sinto muito.

— Você sente... — Riu. A risada disfarçada de tristeza. — Que bom pra você.

— Eu sinto muito por não estar sendo um cara legal agora. É verdade, Fada. Juro que vou te recompensar.

Ela ficou em silêncio, sinal de que gostaria que a discussão encerrasse ali. Em todo esse tempo, nunca brigamos. De repente, agora, em um prazo curto, parecia que o mundo estava saindo debaixo dos nossos pés. Claro que isso era apenas uma discussão de mentira. Esse show não vai acontecer, eu ainda vou para a lua de mel com Erin e todos os planos permaneciam os mesmos... exceto a cerimônia.

7 dias para sempre

Precisava que ela ficasse com raiva, precisava que Erin quisesse espairecer a cabeça. Precisava disso para levá-la à *Playa Mia* e tudo acontecer como deve ser feito. Do nosso jeito, só para nós e mais ninguém.

— Vou até a casa do Shane — disse a ela, sabendo que isso a deixaria mais irritada. Só que eu precisava ir até lá, eu tinha um casamento inteiro para montar do zero. — Precisamos treinar um pouco, já que tudo está tão perto e...

— Vá cuidar da The M's. Eu preciso ficar sozinha — garantiu.

Erin não tinha parado de chorar, inclusive quando dei a volta no quarto para ir embora. Eu esperava que no dia seguinte ela estivesse melhor, no entanto, isso não me faria ser menos babaca por ter colocado a banda à frente do nosso casamento.

Se ela soubesse que eu a estava colocando à frente de tudo...

Erin

Era a segunda manhã que eu estava acordando sem ele e pelo mesmo motivo: uma discussão. A mágoa era grande. Eu não podia acreditar que Carter estava fazendo isso! Ser um idiota completo antes do casamento, por acaso, estava em uma lista de coisas a fazer antes de morrer que ele tinha criado e eu não sabia?

Escutei a campainha tocar e soltei um suspiro impaciente antes de vestir um robe. O enjoo matinal veio acompanhado de uma forte dor de cabeça e a claridade proveniente das janelas me incomodou. Como se fosse um morcego atrás de escuridão, caminhei pelas sombras até verificar no visor da sala uma mulher com um rabo de cavalo justo e olhos intensamente caramelos encarando-me de volta. Kizzie Hastings era uma das mulheres mais bonitas que já vi, só que, quando ela cismava de aparecer na porta da minha casa, como se tivesse um radar de que eu não estava legal, eu conseguia odiá-la quase que imediatamente.

— Oi, Kiz — murmurei desanimada.

— Oi! — Me abraçou e deu-me dois beijos na bochecha. Entrou com sacolas e o telefone tocando um dos sucessos da The M's dentro da bolsa. — Deve ser as meninas. Liguei para elas e pedi que viessem. Hoje nós vamos verificar os últimos ajustes, certo?

Parecendo estar com TPM, só que vinte vezes pior, encarei Kizzie com os olhos entreabertos e comecei a chorar. Chorar incansavelmente. Abri a boca para conseguir respirar e disse uma série de coisas sem sentido, que Kizzie pareceu entender imediatamente. Ela começou a dizer frases reconfortantes e falou que tudo ia ficar bem, como se fosse uma vidente ou algo parecido. Naquela altura do campeonato — correndo o risco de parecer exagerada —, se o Apocalipse começasse em seguida, eu não acharia tão escandaloso.

— Ele foi um idiota! — disse a frase e só percebi que gritei quando escutei a minha voz ecoar pelo ar. — Ele disse que não vai poder ir para a lua de mel! Você sabia disso?

— Soube na mesma hora que vocês. Foi realmente marcado, Erin. Eu sinto muito.

Voltei a chorar e abraçar Kizzie. Ela me levou até o sofá e ligou a televisão, como se quisesse me distrair. A reação exagerada, bem, eu poderia culpar os hormônios da gravidez, pois reconhecia que eles tinham me deixado mais dramática.

— Eu acho que você precisa espairecer a cabeça, sabe? Deveria pegar um avião e passar uma semana fora. O casamento vai acontecer de uma forma ou de outra e eu e Lua podemos organizar daqui. Leve Roxanne com você e vá curtir um pouco a vida!

— Está maluca, Kiz? Não posso fazer uma coisa dessas!

— Carter estará ocupado com os preparativos da viagem. Vai por mim! Ainda tem tempo até o casamento e uma semana não vai fazer falta. É para você descansar. Lennox precisa de um tempo de todo esse estresse também, Erin. Pensa no seu bebê, na sua saúde e bem-estar.

Engraçado ela dizer isso. Kizzie seria a última pessoa a me dizer para fazer algo de tamanha irresponsabilidade. Se ela estava falando que eu precisava descansar, deveria estar muito certa. Olhei para ela e tentei decifrá-la. Vi que estava mais ansiosa do que o normal, enquanto seu celular não parava de tocar.

— Vai atender, Kizzie.

— Não, depois eu atendo. Nós precisamos conversar, de qualquer maneira.

— Kizzie...

7 dias para sempre

— Roxanne está livre de qualquer tipo de compromisso pelo próximo mês, você sabe. Eu e Lua podemos ficar na cidade e ajustar o resto que falta. Não precisa ficar paranoica porque eu nunca vou deixar nada de errado acontecer no seu casamento. Então, poderá curtir algum tempo com ela e depois você volta. Todas as coisas mais importantes já estão decididas, querida. Agora é só manter tudo em ordem.

— Não posso deixá-lo só porque estou brava, Kiz. Não faz sentido.

— Não pedi para você não avisá-lo, Erin. Tenho certeza de que Carter estará ocupado com as coisas da banda. E tenho certeza de que ele vai entender que você precisa de certo espaço. O que ele fez não foi muito legal, né?

As lágrimas na noite passada e o choro incessante provaram que isso tinha excedido os limites. Deixar a nossa lua de mel em segundo plano era uma das coisas que pensei que ele jamais faria. Mas estava errada. A banda era prioridade, sempre foi. E o que restava para mim?

Isso machucava.

O celular de Kizzie voltou a tocar e dessa vez ela atendeu. Pela conversa, reconheci que ela estava falando com as meninas. Caminhei pela sala, para dar privacidade, enquanto pensava sobre a possível viagem.

Roxanne, assim como Kizzie, igualmente se tornara especial para mim. Tinha um carinho por aquela garota como se fosse uma irmã mais nova. Claro que viajar com ela seria divertido e eu poderia me livrar de todos os pensamentos do casamento, poderia curtir a paz, mas...

Ficar sem Carter seria complicado. Sempre era. Eu ficaria pensando se estávamos mesmo bem ou se a minha mágoa tinha se alojado dentro do coração. Eu não queria que uma ferida ficasse lá, pois, no futuro, cada vez que discutíssemos, eu lembraria dessa briga.

Precisávamos nos resolver ao mesmo tempo em que eu queria um espaço para mim.

Será que uma curta viagem de quatro ou cinco dias seria algo tão ruim?

Assisti Kizzie sorrir para mim enquanto falava no celular. Ela deu risada de alguma coisa que foi dita e indicou a porta, como se nós tivéssemos que sair. Subi as escadas e me troquei rapidamente, pois sabia que havia coisas do casamento para serem organizadas, partes finais a serem decididas. Kizzie desligou o celular quando me viu descer e abriu a porta. Automaticamente,

Aline Sant'Ana

46

apertou o botão da chave do seu carro e o destravou.

Antes de entrar, suspirei bem fundo.

— Acho que... vou pensar sobre a viagem.

Minha amiga abriu um sorriso sincero e satisfeito, como se, a todo o momento, isso fosse tudo que ela quisesse. Os olhos brilharam intensamente e ela colocou o braço sobre o carro, apoiando-se enquanto me encarava.

— Isso vai ser ótimo para você, Erin. Não faz ideia do quanto.

— Só preciso avisar ao Carter.

Reconhecendo que eu realmente precisava fazer isso, Kizzie assentiu, mas voltou a sorrir.

— Tenho certeza absoluta de que ele vai entender.

7 dias para sempre

CAPÍTULO 4

I'd take another chance, take a fall
Take a shot for you
And I need you like a heart needs a beat
But it's nothing new - yeah

— *OneRepublic, "Apologize".*

CARTER

— O que diabos são *macarons*? — indagou Zane, elevando a sobrancelha.

— É aquele doce que todo mundo coloca no casamento. É francês, eu acho — respondi.

— Você não é todo mundo, então não vamos colocar essa porra lá — Zane continuou, logo em seguida riscando o doce da lista.

— Bem, eu não gosto muito... — Yan opinou.

— Eu nunca comi essa merda na minha vida — Shane concluiu.

Coloquei as mãos no cabelo e puxei para trás a franja que cismava em cair sobre os olhos, que estavam ardendo porque não tínhamos dormido. O planejamento para o casamento relâmpago tinha nos consumido totalmente. Em dois dias — e pagando um preço bem acima do mercado pela pressa —, conseguimos praticamente fechar o resort, marcar uma data, arranjar o padre para fazer a cerimônia e outra pessoa para conseguir adequar a decoração.

Yan sabia mais sobre tudo do que nós; era como se ele já tivesse feito isso antes. Claro que o fato de ser organizadíssimo e muito exigente facilitava. Era impossível alguém enganá-lo quando Yan parecia estar dez passos à frente. Se eu soubesse que ele estava interessado em ajudar, teria pedido que tivesse organizado o casamento ao lado da Erin. Por ser meu padrinho, certamente não deixaria que nada de mal acontecesse à minha noiva.

Fui burro, mas não era tarde para consertar os erros.

— Tem que ter brownie, cara — Zane continuou falando dos doces, trazendo-me de volta à realidade. — Você acha que a Erin vai gostar? Ela curte chocolate, eu sei.

Ele parecia inseguro fazendo a lista dos comes e bebes. Tenho certeza de que, se Erin pudesse vê-lo agora, estaria rindo por Zane estar preocupado com o fato de ela não gostar de alguma coisa.

Todos nós queríamos que fosse o casamento dos sonhos da minha Fada.

— Eu acho que brownie é legal. Quero aquelas frutas no palito com chocolate. Erin ama aquelas coisas.

— Tem que ser cheio de frufrus, Zane — Shane aconselhou o irmão mais velho. — Você tem que deixar isso claro.

— Tá, eu tô sabendo — retrucou, já anotando no canto da página o que tinha que ser feito.

O melhor de tudo é que não estávamos sozinhos nessa. Pedimos ajuda das garotas, que estavam ocupadas distraindo Erin. O clima entre nós não estava cem por cento, era como se ela não quisesse confiar em mim. Aquilo me feria, ainda que estivesse certo de seguir o plano até o final.

— Que merda, eu acho que vamos ter problema com a decoração — Yan disse, coçando a testa com a ponta do polegar.

— Por quê? — perguntei, libertando-me dos pensamentos.

— Você sabe a cor que Erin gosta? Eu posso ser um ótimo organizador, mas recebi um e-mail questionando se preferia tom areia ou creme. Não sei a diferença dessa porra — Yan resmungou.

— Eu não penso que tenha que ser algo do tom da praia. Eu imagino... sei lá, uma cor mais quente? — tentei.

— Laranja é legal — Shane opinou.

— É, pode até ser, mas... — Eu não sabia o que escolher. Era difícil pensar no que Erin gostava até, subitamente, dar um estalo na minha cabeça. — Eu já sei o que vamos fazer!

— O quê? — Yan parecia incrédulo que eu tivesse uma ideia mirabolante aos quarenta e cinco minutos do segundo tempo.

— Erin tem um caderno, como se fosse um diário da noiva. Lá, ela coloca todas as decisões sobre o casamento. Absolutamente tudo! Caralho, se eu pudesse pegá-lo e tirar uma cópia, nós poderíamos utilizar algumas coisas de lá e adicionar a simplicidade do casamento na praia. Seria perfeito!

7 dias para sempre

Levantei da cadeira, que já havia deixado minha bunda quadrada, e sorri. Horas de cansaço para ter praticamente tudo resolvido. Era só transferir as coisas para a praia e fim do problema. Erin teria o casamento dos sonhos, sem perder a essência de tudo o que ela construiu.

— Por que você não disse que ela tinha esse tesouro em casa? — Zane resmungou e se levantou também, esticando as costas. — Porra, eu não ia ter que ficar horas pensando no que ela gosta de comer ou o que causa ou não enjoo. Sério, fiquei preocupado com essa merda.

— Vou encontrar uma maneira de pegar esse caderno e trazê-lo até nós. Yan, você acha que a gente consegue pegar algumas coisas da decoração e enviar para lá?

Ele encolheu os ombros um par de vezes.

— O avião é grande. Só precisamos de pessoas que possam nos ajudar a colocar tudo lá dentro. Ou, pelo menos, boa parte.

— A decoração já fica certa. Só vai faltar a comida, que será feita lá mesmo — esclareci. — Ah, porra, vai dar certo! Eu preciso que dê.

Os três sorriram para mim, cansaço estampado em cada uma de suas feições. Sabia que o que estava exigindo deles era demais, porém nem hesitaram quando a ideia foi lançada. O que importava era a felicidade no dia do nosso casamento, nada além disso.

— É, vamos reaproveitar algumas coisas e fazer esse casamento acontecer. Agora, tudo o que precisa ser feito é você convencer a sua mulher a tirar umas férias com Roxanne — Yan analisou.

— É, espero que seja fácil. — Suspirei.

Erin

Os últimos dias tinham sido um caos.

As brigas que tive com Carter, problemas com a organização do casamento, dias incansáveis de estresse. Eu estava no meu limite, reconhecendo que o mundo parecia implicar para que tudo fosse de mal a pior. Para completar, Carter estava esquisito, como se estivesse me escondendo algo, e eu estava sem paciência.

50

Não sei se culpava os hormônios ou a atitude de Carter por ter optado por um show com a banda ao invés da nossa lua de mel. Francamente, depois de tudo o que ele me viu passar, todo o estresse que vivenciei, parecia surreal ele dar prioridade à banda, ainda que eu soubesse que sempre estivemos girando em torno dela.

Estava na varanda de casa, experimentando o suco de melancia que fizera mais cedo. Sozinha, observando a paisagem, minha companhia era o pensamento. Desliguei o celular, porque não queria falar com ninguém; a reclusão era a melhor escolha.

Eu precisava me esquecer dos problemas a fim de controlar a mágoa dentro de mim.

Não queria remoer, ficar amarga, porém isso não era uma opção. Você não escolhe se fica triste ou feliz, se vai lidar bem ou mal com cada coisa. Um pingo de chuva para alguns pode ser apenas a sensação refrescante do começo do verão, porém alguém pensa em como isso é para as formigas? No pesadelo ao cair a água no chão?

Naquele momento, eu era a formiga.

Exagerada como só eu podia ser, dramática também. Eu queria poder me passar por um ser humano normal e esquecer. Não era nada demais, não é mesmo? Só uma viagem, só um planejamento de meses, eu não podia me magoar porque o homem que eu amava estava me deixando em segundo plano, podia?

Respirei um pouco, sentindo o calor crescer dentro de mim.

Quer saber? Eu podia sim!

Eu tinha esse direito. Por mais que o amasse, que não conseguisse ficar sem ele, por mais que meu coração doesse de saudades de tocá-lo, eu podia. Até porque Carter agora estava ensaiando com a banda e eu estava sozinha, bebendo suco e encarando a praia em frente à nossa casa.

Não era justo.

Fiquei perdida entre razão e emoção por um bom tempo até ter coragem de voltar para dentro. Tomei as vitaminas indicadas para a gravidez durante o caminho até a sala e me deitei no sofá, para assistir televisão. Netflix era uma ótima companhia, eu não podia reclamar. Pelo menos, os burburinhos de ansiedade tinham saído da minha cabeça enquanto *Esposa de Mentirinha*

7 dias para sempre

rodava na tela. Lennox me causou borboletas no estômago durante o filme e eu sorri sozinha, acariciando a barriga, aguçando meu ouvido e acelerando o coração ao escutar o som do carro de Carter estacionando.

Fechei os olhos.

Ouvi seus passos até a porta, a chave virando, o suspiro. Ouvi-o se aproximar de mim com cautela e só abri as pálpebras quando tive certeza de que estávamos frente a frente.

Estava irritada demais para vê-lo. Confesso que fugia do meu próprio noivo porque não sabia lidar com a nossa última discussão. Logicamente, eu deveria saber que não poderia escapar da conversa, e eu nem queria deixá-la por resolver, já que sentia falta de, pelo menos, abraçá-lo.

Não deveria ser possível alguém ser tão bonito, reparei, enquanto olhava-o através do silêncio. Deus levou todo o tempo do mundo para criar Carter, com todas as linhas do rosto perfeitas, os cabelos despojados, os olhos brilhantes e os lábios deliciosamente beijáveis.

— Oi, linda — cumprimentou-me, olhando-me como se pedisse desculpas, como se soubesse que esses últimos dias tinham sido negativamente surreais.

— Oi, Carter.

— Você está bem? — indagou.

Como eu estava deitada no sofá, ele só tinha o próprio apoio dos braços para se aproximar. Parecia desconfortável, porém não forçou que eu saísse dali e levantasse as pernas. A calça jeans que vestia estava justa nas coxas, justa em cada parte certa. A camiseta lisa e sem estampa, branca como a neve, delineava cada um de seus músculos e até permitia ver além, como alguns traços de suas tatuagens.

— Não, eu não estou bem.

Carter ficou em silêncio diante da resposta sincera. Ele continuou me olhando, os tentadores olhos verdes analisando-me intensamente. Eu sabia por onde começar a conversa, ele não. Mesmo assim, não tive coragem de dar o pontapé inicial.

Passou os dedos pelo cabelo, que já estava precisando de um corte, e repousou a mão do gesto sobre minha perna. Nós olhamos para o ponto onde estávamos ligados e Carter fez carinho com as costas dos dedos para frente e

Aline Sant'Ana

para trás, sua pele quente na minha fria.

— Você quer conversar, Fada?

— Eu acho que vou viajar com Roxanne por uns dias. Kizzie me deu a ideia e vai ser melhor. Quer dizer, não estou fugindo de nós dois, estou só precisando de um tempo comigo mesma, em paz e sem estresse.

— Já combinou com a Roxy?

— Sim. — Franzi as sobrancelhas.

— Bem, Erin, quer saber o que eu acho?

Eu queria.

— Talvez.

— Vou dizer mesmo assim. A organização do casamento tem te levado ao limite. Fora isso, você tem um noivo bem filho da puta que errou com você e não sabe como consertar as coisas. Ele te ama pra caralho, mas não é egoísta o suficiente para reconhecer que talvez você precise de um tempo longe de tudo.

Sua réplica foi madura e me pegou desprevenida. Achei que Carter fosse levantar e dizer que nunca tivemos uma discussão e agora não era a hora de nos afastarmos. Pensei que ele fosse ficar magoado com o fato de eu querer ficar um pouco longe. Sinceramente, a ideia de ficar sem Carter não era agradável, nem um pouco, apesar da mágoa. No entanto, distanciar-me das coisas do casamento e passear um pouco, quebrar a rotina, não parecia ser tão ruim assim.

Depois do fogo da discussão, agora tudo parecia mais pacífico, mas não menos doloroso.

— Eu não sei o que dizer.

— Essa coisa da banda, Erin... — Ele parou. Coçou a testa com a ponta do polegar e, com a mão livre, voltou a acariciar uma área específica da minha perna, sem se concentrar, de fato, no que estava fazendo. — Sei que você deve estar pensando que a prioridade da minha vida é a The M's, mas não é. Esse show é mesmo inadiável, pois estava praticamente confirmado e o marketing já estava todo em cima dele. Não quero inventar desculpas para o que eu te fiz sentir, muito menos pela mágoa que sei que tem nutrido por mim, porém não quero que pense que, por algum momento, você e Lennox estão em segundo plano, isso não é verdade. E, bem, essa viagem... a sua viagem...

— Sinto que preciso desse tempo longe de tudo, principalmente das coisas do casamento — completei, mais segura sobre essa conversa. — Parece egoísmo querer me distanciar justo agora, eu sei, mas você me magoou, Carter. Essa foi a gota d'água. Você viu como eu surtei? Não vou mentir e fingir que nada aconteceu, porque aconteceu. Eu fiquei arrasada durante todos esses dias e mal consegui olhar para você. Não quero ser esse tipo de pessoa, não quero ficar tão triste, mas eu estou.

Ele parecia ter levado um tiro no estômago, pois se contraiu e fechou os olhos. A carícia na minha perna se tornou ainda mais suave, até eu assistir Carter se levantar. Como sempre fazia quando estava nervoso ou ansioso, acabou coçando o rosto, arranhando a barba de alguns dias do maxilar.

— Você não precisa mentir — sussurrou. — Eu sei que te machuquei.

Não queria ter visto a dor pura refletida em sua fisionomia, porém foi a única coisa que fui capaz de enxergar. Acabei me levantando do sofá e ficando de frente para ele, dando o braço a torcer.

Nós precisávamos disso.

Carter parou de andar de um lado para o outro, desceu os olhos por meu corpo, parecendo reparar somente agora no que eu estava vestindo. Era sua camiseta antiga e folgada da banda Kiss, que estava com um furo na lateral da barriga, mas era a coisa mais confortável que eu poderia usar. Estava caída sobre meu ombro direito e cobria até a metade das coxas.

Ele perdeu a concentração conforme me olhava, aparentemente deslumbrado.

Era incrível como entre a gente, até durante uma discussão, os corações só sabiam se amar.

— Eu não queria que você tivesse me machucado ao mesmo tempo em que não quero remoer. Aconteceu, não é? — soltei, com medo de que levássemos isso para o sexo e não concluíssemos o que tínhamos para resolver. — Carter, as prioridades mudaram?

Ele fechou os olhos e, quando os abriu, lágrimas dançavam sobre a cor verde intensa.

Aline Sant'Ana

CARTER

Eu realmente a tinha ferido e isso acabou comigo.

Não era para ser assim, com ela viajando sentindo-se tão machucada, então eu precisava fazer alguma coisa. Diante da sua pergunta, que me pareceu um teste, no qual eu só tinha uma chance de consertar tudo, fiquei arrepiado. Naquele segundo, eu tive tanto medo de perdê-la que fui incapaz de respirar.

— Elas nunca mudaram, linda. Sempre foi você.

Erin travou e negou com a cabeça.

— Eu só não queria que...

Ela não queria que eu tivesse feito a merda que fiz.

Pensei mais uma vez que era por um ótimo motivo, que a surpresa ia vencer a dor e que Erin se surpreenderia por eu ter arquitetado um plano tão mirabolante. Pensei que ela ia me abraçar e ficar contente por tê-la livrado de algo que odiara desde o início.

Cinquenta por cento de chance de sucesso, cinquenta por cento de chance de fracasso.

Era o casamento dos sonhos dela e eu a estava livrando de toda a dor de cabeça que a tinham enfiado. Erin provavelmente iria rir depois de tudo acontecer, diria que fui um tolo por não ter contado e ter preferido orquestrar uma discussão que a fizesse sair do país. De que outra maneira eu conseguiria fazê-la ir ao México, nas vésperas do casamento, sem que minha noiva desconfiasse?

— Não posso mudar o que eu fiz, mas posso aprender com os meus erros — respondi.

Os olhos dela brilharam em reconhecimento e a vi se aproximar de mim pela primeira vez em dias. Alívio dançou por minhas veias porque aquela era a nossa trégua. Passo por passo, seu corpo grudou-se ao meu e, cara, foi tão bom. Fazia tempo que eu não a sentia, então meu desejo respondeu imediatamente, com uma ereção fora de hora. Na verdade, eu queria fazer amor lento, sem hora para acabar. Eu queria ouvi-la gemendo embaixo de mim e pedindo por favor para que eu fosse rápido e duro, enquanto tudo o que eu poderia fazer era adiar nosso prazer. Entretanto, a verdade é que nem sempre sexo pode resolver as coisas. Nem sempre o desejo é capaz de transmitir os sentimentos.

E eu descobri isso quando a peguei em meus braços.

Erin ignorou a ereção, ela abstraiu o desejo e passou as mãos por meus ombros, encostando a cabeça em uma parte do meu peito. Delicadamente, envolvi a cintura pequena, e nós começamos a dar passos lentos, como se estivéssemos dançando, sem música ao fundo.

— Eu estava tão ferida hoje, Carter.

— Eu sei, linda.

— Tive pensamentos conflitantes — desabafou. — Eu cheguei a te odiar durante alguns momentos. Sinto muito por isso. Eu estava sendo exagerada em algumas partes, mas em outras...

— O amor sempre vence.

Não pude fazer outra coisa, a não ser dar carinho. Isso era mais eficaz do que dizer que não havia outra coisa nesse universo que fosse mais importante do que o nosso amor. Mais eficaz do beijá-la, ainda que a desconfortável evidência entre nós estivesse ali para nos avisar de que eu não era um cara imune a sexo. Mais eficiente do que se estivéssemos falando longamente sobre tudo aquilo que já foi dito.

Então, eu dancei com ela.

Dancei e a fiz encostar a cabeça no meu peito, enquanto ela provavelmente escutava baixinho as batidas densas do meu coração. Fiz carinho em suas costas, subindo e descendo na linha da coluna, e prestei atenção em cada um de seus gestos e insinuações.

Mais de uma hora havia se passado.

— Esse é o começo do seu pedido de desculpas? — ela quebrou o silêncio.

Suspirei fundo e admirei os olhos dela. Erin deu um sorriso tímido, um daqueles que me desestabilizavam e que eu não tinha visto durante esses dias.

— Quero me redimir — continuei. Dessa vez, minha voz saiu ao pé do seu ouvido. — E quero que você exclua alguns problemas da sua cabeça.

— Eu vou tentar.

Tive que tocá-la com mais cuidado, pois precisava dizer com gestos o que eu pensava em falar com o coração. Segurei as laterais do seu rosto, pela necessidade de ter pele com pele. Acariciei as bochechas macias com os

Aline Sant'Ana

polegares e, com o direito, desci para seus lábios. Entreabri a boca, puxando lentamente o lábio inferior para baixo.

— Erin, eu amo você mais do que pensa, sonha e idealiza. Talvez agora você tenha imaginado que, perto do nosso casamento, eu esteja sendo um babaca. Mas, se todos os anos que estivemos juntos valem algo, eu te peço: confia em mim?

Piscou, surpresa. Ela não esperava que eu fosse dizer algo desse tipo. Francamente, nem eu. Erin ficou sem responder por longos minutos, que pareceram dias inteiros. Sua visão titubeou entre minha boca e olhos, até que ela deu um suspiro aliviado.

— Por que está pedindo isso, Carter?

Ignorei a tentativa de compreensão e repeti a pergunta.

— Confia em mim?

A resposta veio intensa.

— Eu confio.

Erin

Carter inspirou forte o perfume do meu pescoço e beijou um ponto atrás da orelha que me rendeu um forte arrepio. Nossos corpos se aproximaram ainda mais e eu levantei o queixo para raspar nossos lábios.

Já estava esquecendo de como ele havia me magoado, colocando a The M's à frente do nosso relacionamento. As lágrimas pareciam irrisórias, ainda que meu peito estivesse doendo. Será que o amor é mesmo um bálsamo? Será que eu só precisava conversar com ele? Será que precisava tocá-lo mais uma vez?

— Carter... — Seu nome saiu da minha boca como se estivesse implorando. Não sabia se era para ele me tocar ou para não me machucar de novo.

Ele não se inclinou para me beijar, apenas manteve as mãos em minha cintura. Um passo de cada vez, a dança era leve como se tivéssemos bebido vinho.

O silêncio, enfim, era confortável demais.

Não me forçou a avançar no diálogo, nem se rendeu aos sinais claros de desejo em meio à ereção que ele não podia conter na calça. Não me beijou, não me tocou mais do que deveria, apenas me respeitou e dançou comigo, carinhosamente, como se eu fosse delicada demais, como um dente-de-leão.

Sua pele aquecendo-me através das roupas e o perfume deixando-me tonta eram os sinais físicos que declaravam o amor. Um veneno inexplicável que nos faz viver e morrer em picos alternados de segundos. Nos braços dele, sentia-me viva e, quando ele me tocava, ficava claro que, por alguns milésimos, eu morria.

Seria assim por toda a vida, mesmo que passassem décadas e rugas tomassem nossos traços. Seria assim porque era ele e porque era eu. Por mais ferida pela mágoa, ainda que lágrimas desconfortáveis me impedissem de dormir na noite passada, éramos nós.

Eu poderia reclamar e dizer que o via dar prioridade a outras coisas que não eu, entretanto, de volta ao fogo dos seus braços e à quebra dos meus pensamentos, eu sabia, ainda que ele não tivesse dito com todas as palavras... Eu era o seu mundo.

E eu acreditava nele, com todo o coração. Dessa maneira, acabei não contestando a pergunta sobre a confiança. O que quer que Carter estivesse fazendo, percebi que não era para indagar além, apenas ter fé e dar tempo ao tempo. Por isso, não o pressionei e mantive-me em silêncio.

O assunto acabou.

Carter se desfez da intensidade do nosso contato e desceu a mão do meu rosto até percorrer o braço e entrelaçar nossos dedos. Ele me levou até a cozinha e parou quando ficamos próximos à bancada do bar particular. Puxou algo debaixo do grande pote transparente de amendoins que eu sempre reabastecia e estendeu para mim.

A princípio, achei que eram talões de cheque e não compreendi o motivo. Logo após, quando folheei, percebi que se tratavam de duas passagens de avião para Cancun, México. Anexadas a isso, duas passagens de ferry para Cozumel, a cidade da praia em que fizemos amor.

E foi como ativar uma série de lembranças em tempo real. Vi um filme perfeito passar na minha cabeça: Lua me avisando sobre o cruzeiro, o baile

Aline Sant'Ana

de máscaras, a fuga do primeiro beijo... os dias, a descoberta, o medo, a imaturidade por receio da inevitável perda e, claro, a bioluminescência.

Antes que pudesse conter, lágrimas brincaram nos cantos dos meus olhos. Esses últimos dias tinham sido emocionais demais. Pisquei rapidamente para afastar a visão embaçada e foquei nos intensos olhos verdes de Carter.

— México? — indaguei o óbvio.

— Isso não é para nós, e sim para você e Roxy. — Abriu um sorriso repleto de significado, como se estivesse à frente do tempo. — Kizzie me enviou uma mensagem, falando da ideia que teve, pedindo que não ficasse bravo.

Ah, agora fazia sentido ele não ter ficado tão surpreso. Carter tossiu um pouco, como se estivesse nervoso. Ele fazia isso quando mentia, só que ali não havia razão para mentir.

— E o que você fez?

— Bom, eu não fiquei. Sei que isso é o melhor para você, como eu disse no começo da nossa conversa. — Havia verdade e intensidade em suas palavras. Ele realmente sabia que viajar era o melhor para mim. — Eu sei que passar um tempo longe de tudo, até de mim, vai te fazer bem.

— Então decidiu comprar as passagens? — Arqueei a sobrancelha.

— Lá é um lugar incrível que tivemos pouco tempo para explorar. Há quantos anos você me diz que adoraria voltar e ficar mais tempo por aqueles lados?

— Eu pretendia fazer isso com você.

Carter se aproximou devagarzinho, colocou as mãos na minha cintura e sentou-se no banco de madeira. Com um movimento único, pôs-me em seu colo, sentada na perna direita. Me senti uma garotinha, porém deixei que ele o fizesse.

Confesso, não me sentia mal por estar sendo mimada.

Nossos rostos ficaram perto. Eu não o beijava há tanto tempo e meus lábios ansiavam por tocá-lo. A dor no peito já não estava mais me causando angústia. Havia outra coisa, bem abaixo do estômago, que cismava em saracotear como pequenas asas de um beija-flor.

Lennox.

— Eu sei que isso tinha tudo para ser uma viagem de casal, mas isso não significa que você vá passar um tempo lá e nunca mais vamos voltar. É importante para mim voltar, quem sabe, por um tempo maior do que apenas alguns dias. Quero ficar com você lá por um mês inteiro, talvez.

— Se eu soubesse desse seu desejo pelo México, não teria programado a lua de mel em um lugar que não tivesse praia.

— Eu só quero passar um tempo com você. — Colou a boca ao pé do meu ouvido e sussurrou, sabendo que aquilo me arrepiaria. — Não penso em ver muito o lado de fora, quando tudo o que eu quero fazer acontece entre quatro paredes.

Fechei os olhos e sorri.

— Você tem certeza de que está tudo bem eu ficar um tempo com a Roxy?

Deu um beijo suave na linha do meu maxilar e depois foi de encontro à boca. Era para ser apenas um selar suave de lábios, mas eu fui incapaz de resistir. Acabei segurando seus cabelos, me ajeitando ainda mais em seu colo — como se não tivesse o suficiente — e apontei a língua entre a boca cheia e bonita, unicamente para que conseguisse sentir seu gosto.

De alguma maneira, *malziber*, a típica cerveja doce, foi o afrodisíaco que ditou a intensidade do beijo. Carter tinha bebido com os rapazes antes de chegar em casa, e graças a Deus por isso. Mordiscou e depois rodou lentamente a língua, brincando desde o céu até a ponta dos lábios, me transformando em gelatina. Deixei que ele o fizesse, me entreguei para aquele contato de corpo e alma, e quando percebemos que, muito possivelmente, dali rendaríamos uma noite infinita de sexo, ele sorriu colado à minha boca, agarrando meu rosto, com os olhos brilhando em esmeralda.

— Eu aguento ficar uns dias sem você, Fada. Aguento porque sei que precisa disso. Comprei as passagens porque quero você naquele avião, esquecendo de tudo, aproveitando tudo, porque, quando disser sim para mim, quero teu corpo, tua alma, tua vida e nossa história. Vou querer você por inteiro. E quero que me deseje por inteiro também.

— Eu te desejo — ecoei em resposta.

— Sou imperfeito, meu amor, mas busco todos os dias fazer dessas imperfeições um aprendizado — persistiu. — São as nossas diferenças que nos completam. E eu te amo. Quero sua mente e seu corpo livres para que, no instante em que for minha, seja minha dos pés à cabeça.

Aline Sant'Ana

Eu já era dele. Desde o dia em que o vi na adolescência, com os fones de ouvido, caminhando pela rua. Eu já era dele mesmo antes de Carter me reconhecer como sua. Eu era dele, sempre fui dele, e sempre vou ser, mesmo que ele tenha sido responsável por grande parte das feridas do meu coração.

O amor não é bonito e nem simétrico como o infinito. Ele pode machucar, ele pode destruir, ele pode te fazer chorar, mas ele persiste, porque para as coisas únicas da vida não há chance de repetição.

Beijei sua boca e fui até o lóbulo. Puxei a pele macia entre os dentes e fechei os olhos ao sussurrar:

— Posso te contar um segredo?

Não respondeu, apenas assentiu, enquanto um sorriso perverso se formou em meus lábios.

— Eu sempre fui sua, amor.

CAPÍTULO 5

So I'm gonna love you
Like I'm gonna lose you
I'm gonna hold you
Like I'm saying goodbye

— *Meghan Trainor feat John Legend, "Like I'm Gonna Lose You".*

Erin

— Vamos? — Roxy perguntou, ajeitando os óculos escuros que cobriam metade do rosto.

Durante os dias que se seguiram, liberei-me das amarras. Entreguei o diário de noiva nas mãos de Lua e Kizzie, sendo que ambas me prometeram que cuidariam dos detalhes finais. A parte mais importante do casamento já tinha sido feita, ainda que houvesse o estresse pela organização, de toda forma.

O vestido ficaria pronto dentro de alguns dias, mas ele era a grande questão. Viajando, eu não teria como fazer a prova final, apenas quando retornasse. Mas as meninas me prometeram que tudo estava bem.

Eu precisava confiar nelas.

Olhei para trás, sobre o ombro, observando Carter me olhar à distância, da janela do carro. Para não chamarmos atenção e eu conseguir viajar como uma pessoa normal, ele ficou no carro, esperando que as portas do aeroporto se abrissem e me engolissem.

Como sempre, estava lindo. Os cabelos em tom de areia bagunçados pelo vento e o sorriso branco na boca rosada e carnuda. Seus lábios estavam lá para me recordarem de que aquele homem era o dono dos melhores beijos que já tive.

— Se cuida, amor! — ele gritou. — Te vejo em alguns dias!

Meu coração se apertou com a despedida.

Confesso que, após a reconciliação, a mágoa que sentia deu espaço à ansiedade e à vontade de ficar perto. Nós íamos nos casar em breve, depois ele

62

faria uma viagem com a banda. A cada segundo que isso martelava na minha cabeça, a ideia de deixá-lo se tornava ainda mais desnecessária.

— Carter, eu...

Ele me jogou um beijo e abaixou os óculos escuros e quadrados sobre os olhos verdes. Como se soubesse que eu estava tendo segundos pensamentos a respeito da viagem, deu-me um sorriso de lado e levantou o vidro fumê, encerrando a conversa.

Roxanne me puxou pela mão, como se eu fosse uma criança que não conseguisse andar sozinha. O engraçado era ver que, durante a história de Roxy, eu e as meninas a ensinamos a criar independência e permitir que sua personalidade fluísse. Sempre muito tímida no começo, agora ela era uma flor desabrochada. Eu sentia orgulho de ter cuidado dessa garota como uma irmã mais velha, e ainda mais orgulho ao reconhecer que ela agora era um dos meus grandes suportes.

— Você está magoada por estar deixando-o, não é? — começou ela, ao chegarmos no check-in, escondendo os olhos castanhos nos óculos de sol.

— Eu não queria que Carter se despedisse assim. Também não queria me despedir dele de maneira tão distante. Parecia...

Fui interrompida pelo susto. Um homem com voz grave e impositiva gritou um "Senhor!", como se estivesse extremamente enraivecido. Olhei para trás, naturalmente preocupada com o que estava acontecendo no meio do aeroporto, até que as pessoas começaram a apontar e eu descobri o motivo do alarde.

Meu coração, meus lábios, meus olhos e minha alma sorriam.

O motivo dos batimentos acelerados do coração correu por entre as pessoas, balançando os braços no ritmo da corrida, da mesma maneira que o via fazendo quando precisava se acalmar na esteira. No entanto, a velocidade que ele aplicou era desesperada, assim como seu rosto quase angustiado, que, no meio do caminho, se livrou dos óculos escuros, jogando-os no chão.

Não se importou que foi quebrado, embora. Correu da porta até o check-in e sorriu quando conseguiu me enxergar. Ignorando a expressão de todos, comecei a contar quantos segundos levariam até que ele se jogasse contra mim e me beijasse.

Um, dois, três, quatro, cinco...

7 dias para sempre

Fui arremessada para trás em um impacto forte quando ele se aproximou, mas não bati as costas no balcão, porque os braços mais quentes e fortes do mundo me pegaram como se eu não pesasse nada. Sua boca encontrou a minha, como um imã, e sua respiração ofegante nos impediu de beijar da maneira que desejávamos.

— Não quero que desista da viagem. É que... nossa despedida foi fria e agora eu devo ser o homem mais exagerado do mundo por estar te agarrando assim, correndo no aeroporto, como se estivéssemos em algum filme da Sandra Bullock, mas, cara... meu Deus, eu não podia te deixar ir sem fazer uma cena, né?

Sorri contra seus lábios e voltei a beijá-lo. Dessa vez, calma e pacientemente. Depois de tudo o que enfrentamos, a relação parecia ainda mais intensa do que no início. Enquanto o beijava, pude ouvir Roxy soltar um muxoxo, chamando o homem da minha vida de Príncipe Encantado.

Ah, Deus! Ele realmente era.

Carter

— Você pode me acompanhar, senhor?

Afastei meus lábios dos dela a contragosto. Não havia somente um segurança, mas três ao meu lado. Eles eram da equipe da banda, estavam sempre atrás de mim para qualquer imprevisto e vieram no carro atrás do meu, para deixarmos Erin no aeroporto.

Tentei ser o mais distante possível dela, porque não queria que Erin tivesse segundos pensamentos sobre a viagem. Eu precisava que ela embarcasse. Mas o rosto de mágoa dela quando percebeu que eu não desceria me fez ter o impulso de sair correndo e abraçá-la.

As pessoas começaram a se juntar em torno de nós e eu disse mais algumas coisas para Erin, tranquilizando-a.

— Me liga assim que chegar — pedi, escutando algumas fãs ao fundo já me reconhecendo depois de toda a bagunça, gritando meu nome e especialmente pedindo fotos. Segurei o rosto de Erin antes de ela me dar um último beijo. — Amo você, faça uma ótima viagem.

— Tem... — ela titubeou — certeza de que quer que eu vá?

— Absoluta. — Sorri.

Em seguida, deixei que me puxassem e me levassem embora dali. Erin abriu um sorriso antes que eu a perdesse de vista e Roxanne a puxou além das pessoas. O tumulto havia se formado e agora eu precisava arranjar uma maneira de sair de lá.

Os seguranças foram me tirando e, durante esse tempo, percebi que meu coração já se sentia vazio. Não deveria ser normal amar alguém tanto assim, mas Erin era um pedaço do meu mundo, se não ele todo.

A questão agora era preparar o casamento.

Como se estivesse dentro do timing perfeito — o que eu não duvidava —, no segundo em que entrei no carro, Yan já estava me ligando.

— Ela embarcou?

— Sim — respondi, ouvindo os seguranças conversarem entre si antes de irem para seus carros. Puxei o cabelo dos olhos e senti falta dos óculos escuros imediatamente. O sol em Miami estava impiedoso.

Dei partida, tomando as ruas, e deixei Yan no viva-voz.

— Certo, a decoração já embarcou antes dela. Vão começar a deixar tudo pronto em cerca de três dias. Roxanne vai ter o trabalho de entretê-la, para que Erin não vá à praia, local onde será o casamento. Cara, o cronograma está perfeito. Estou com muito ciúme desse projeto, mas Kizzie está se metendo.

— Deixe ela te ajudar, Yan. Você não precisa estar no controle de tudo.

— Hum, eu sei. Eu só queria ficar tranquilo.

— E o vestido? — Quis saber, reconhecendo que essa era a preocupação da minha noiva.

— Está do tamanho dela, nós conseguimos acelerar o processo. Olha, vai ser perfeito, confia em mim. — Escutei Yan rir de alguma coisa e depois mandar Shane ir se foder.

— O que está acontecendo? — questionei.

— Shane quer fazer uma despedida de solteiro.

— Nem fodendo, Yan! Já conversamos sobre isso.

7 dias para sempre

— Eu sei, eu sei. Shane só está dizendo para te perturbar. Nem teremos tempo de organizar algo assim.

Graças a Deus, porra! Shane era um projeto de mini-Zane. Quando os dois cismavam de fazer algo em conjunto, não era muito fácil segurá-los, ainda que estivessem bem mais tranquilos do que no passado.

— Bem, e o que você precisa que eu faça? Lua e Kizzie vão conseguir viajar para surpreender a Erin?

— Com certeza. Já está tudo planejado, cara. Seu casamento vai acontecer no prazo que combinamos.

Fechei os olhos por um segundo quando o semáforo parou e coloquei o pé no freio. A ansiedade... cara, eu estava maluco! Queria mostrar para ela que teria tudo o que sempre quis, e dizer os votos, dizer o quanto eu a amava.

— Eu vou me casar com a Erin — reconheci sozinho, sussurrando baixo, esquecendo por um segundo que Yan estava na chamada.

Lembrei-me daquela menina da adolescência, dos cabelos pintados de forma diferente, da timidez e da falta de confiança em si mesma. Lembrei-me do dia em que cuidei dela naquela cabana e a maneira como eu a vi com outros olhos. Como me senti tocado e quase imediatamente abalado.

Pude ouvir a risada suave do Yan, como se tivesse percebido o meu devaneio.

— Sim, cara, você vai se casar com a Erin.

— Ela é linda, Yan. Ela é...

— Ela é tudo o que você merece, Carter — completou. — Ela é tudo o que eu, como teu amigo, sempre sonhei para você.

— Porra, obrigado!

— Sempre às ordens.

— Não — corrigi, não era isso o que eu queria dizer. — Obrigado por tudo, cara. Você está organizando o meu casamento, fazendo tudo acontecer com a sua mágica. Não é só por ser o meu padrinho. É, porra, por tudo o que você significa para nós. Você é mais do que um amigo, do que um irmão, até. Não sei descrever, mas a gente te ama. Você sabe.

Ele ficou um tempo em silêncio. Yan usualmente expressava bem seus sentimentos e principalmente as coisas que pensava. Atualmente, era mais

Aline Sant'Ana

difícil, principalmente depois das coisas que ele enfrentou.

— Eu... hum... sei que vocês merecem isso. Você e Erin nasceram para ficar juntos, Carter.

A cada dia que passava, mais eu acreditava nessa coisa maluca de destino.

— Bom, vou desligar. — Yan fechou-se para o assunto e pigarreou. — Tenho coisas a fazer. E... hum... eu amo vocês também.

— Obrigado, cara. Se cuida.

— Te vejo em trinta minutos.

Precisei rir da personalidade absurdamente organizada do meu amigo.

— Tá certo. Trinta minutos.

Erin

O céu azul, a brisa e o calor denunciaram a nossa chegada.

Eu pude ver a imensidão azul, do início ao fim. Não fui capaz de enxergar onde o mar começava e o céu terminava e aquilo, francamente, era reviver o paraíso.

Já em Cancun, a sessenta quilômetros de Cozumel, faltava pouco para ter o gostinho do passado. No dia em que visitamos Playa Mia, há quatro anos, eu e Carter já estávamos apaixonados. Ainda que vivendo às escondidas, totalmente incertos sobre o que vinha a seguir, estávamos plenamente conscientes de que dali já não poderíamos mais viver um sem o outro.

Quanto tempo leva para você saber que *aquela* é a pessoa da sua vida? Essa era uma das coisas que ziguezagueavam na minha cabeça durante aquela época. Quanto tempo para descobrir que o amor pode começar subitamente, ou até depois de uma chama — aparentemente apagada — do passado?

Com Carter não levou muito. Apaixonei-me por ele à primeira vista duas vezes, como se o destino quisesse me provar que seria assim, independente da forma que fosse acontecer.

Era para ser.

— Isso aqui é tão lindo! — Roxy pronunciou, não escondendo o choque ao encarar a beleza do lugar. De quebra, tirou-me dos pensamentos.

— Eu acho incrível também. — Sorri.

Para chegarmos a Cozumel, a parte interiorana, precisávamos embarcar em um dos *ferries* que partiam da Playa del Carmen e levavam cerca de trinta e cinco minutos para fazer a travessia. Roxanne me garantiu que Carter reservou um resort para nós na ilha e que lá tudo o que tínhamos que fazer era o check-in.

— Joguei no Google a respeito do resort e é realmente fantástico, Erin. O Príncipe Encantado tem um ótimo gosto. — Roxanne sorriu. — Possui até um parque aquático, acho que vamos nos divertir bastante.

— Bem, eu espero que sim.

— Você quer comer em algum lugar antes de pegarmos o ferry? — ofereceu.

Eu estava enjoada, infelizmente. E ficaria ainda mais no momento em que subisse naquele projeto de barco. Roxy estava empolgada, querendo visitar os lugares, passear pelas lojas que ficam nas ruas estreitas e coloridas, além de experimentar os restaurantes típicos da região. Entretanto, Lennox estava me pedindo para descansar um pouquinho. Ainda que, por incrível que pudesse parecer, eu estivesse muito inclinada a aceitar as loucuras de Roxy.

— Eu não sei bem...

Roxanne, reconhecendo o que estava realmente acontecendo, abriu um sorriso.

— Lennox, não é?

— Foram muitas horas no avião — desculpei-me.

— Vamos dar um tempo para o bebê e depois passeamos. Que tal um suco de maracujá, por hora?

Roxanne era uma ótima companhia. Nós caminhamos por Cancun enquanto não pegávamos o ferry e conversamos sobre diversas coisas, inclusive sobre a banda. Roxy achava que os meninos estavam indo muito bem e que o sucesso que alcançaram era muito mais que merecido. Chamando-os pelos apelidos que dera a eles, fui gargalhando ao seu lado, bebericando o suco de maracujá e caminhando pela orla.

Hora ou outra, fui capaz de escutar os pássaros se comunicando bem

Aline Sant'Ana

ao céu, o farfalhar das tendas comerciais e também das folhas das árvores pelo vento forte. O sol implacável também se mantinha fazendo seu trabalho, aquecendo a pele e dando vida a tudo à nossa volta. O suor desceu por meu corpo e, de alguma forma, foi revigorante. Esqueci todos os pormenores, deixando o papo em dia com uma amiga muito querida e aproveitando algum tempo de paz.

— Você acha que as coisas vão mudar depois do casamento? — ela indagou, mordendo o lábio inferior.

Esse era um assunto que conversava muito, tanto com Roxy como com as outras pessoas do meu círculo de amizades. Era natural me dizerem que, no começo, as coisas seriam difíceis. Todos me davam conselhos sobre como prosseguir, principalmente Kizzie.

— Eu espero que não, Roxy. Honestamente, aconteceram todas aquelas coisas...

Não me forçou a contar, apenas ficou em silêncio, caso eu quisesse desabafar. Parecia idiota me importar com isso, logo agora que tinha consciência de que morreria de saudade dele.

Eu não queria reclamar de uma coisa que fui abençoada a ter e conquistar, mas, antes que pudesse segurar a língua, já estava declarando meus sentimentos.

— Carter tem dado prioridade à banda e esquecido um pouco nós dois. Ele tenta compensar, me fazendo surpresas e mostrando que me ama, e eu realmente acredito. Sinto falta dele quando não pode estar presente, mas entendo.

— Ele faz tudo por você — Roxy completou.

— Não reclamo, Roxanne. Sou feliz de ter tido a chance de reencontrar o meu primeiro amor e poder vivê-lo.

Roxy virou-se para mim.

— Posso dar a minha opinião sincera?

— Sim, pode.

— O Príncipe Encantado tem obrigações, assim como você tem as suas, Erin. Como você mesma disse, sabe que ele te ama. Só que, às vezes, as agendas de vocês não batem.

7 dias para sempre

— Certo, mas... tinha que ser bem no dia do nosso casamento?

Ela desviou o olhar, subitamente envergonhada.

— Talvez não seja como você está pensando — alertou.

— E de que outra forma isso seria? — Elevei a sobrancelha, curiosa para saber o que passava em sua mente.

Roxanne abriu a boca para dizer, mas foi interrompida pelo som brusco e feio da buzina do ferry, alertando que era hora de partirmos. Não poderíamos pegar o outro, nós sabíamos, ou ficaria muito tarde para estarmos na rua, cansadas como estávamos.

— Olha lá! O ferry já vai sair! Vamos, Erin?

A conversa ficou por isso mesmo, mas Roxanne me deu a entender que sabia de algo que eu não sabia. Talvez algum dos meninos tivesse dito a ela que a viagem da banda não duraria todo o tempo que eu esperava.

Bem, eu não ia reclamar se ele voltasse cedo para casa.

— Vamos. Estou louca para dar um mergulho depois que descansar — respondi a Roxanne, observando-a sorrir e me ajudar a puxar nossas malas em direção ao pequeno porto.

CARTER

Tudo estava arrumado, graças à organização impecável do Yan. A decoração antecipada, o que já tínhamos pronto, na verdade, foi de avião para o México junto com Zane, Shane e as meninas. Já havia conversado com os nossos amigos mais próximos, cerca de cem pessoas que realmente faziam parte da nossa vida, e feito questão de pagar a passagem de todas para Cancun, com o prazo curto que estipulamos. A questão agora era falar com o meu pai, garantir que ele pudesse ir. Tenho certeza de que, assim que eu ligar para ele, não pensaria duas vezes, ainda mais com Erin querendo tanto que o sogro a levasse para o altar.

A relação dela com os pais esfriou tanto a ponto de até os cartões de Natal cessarem. Era triste e eu odiava que ela não tivesse o carinho deles. Ela nem sequer os mencionava, por ser doloroso até hoje. A última vez que entrou em contato foi para contar, por e-mail, que eles teriam um neto ou neta; na

Aline Sant'Ana

época, não sabíamos o sexo. Apesar de sua mãe ter respondido que não via a hora de vê-la, pude perceber que sequer ligou para a filha, para perguntar se precisava de alguma coisa ou para realmente abraçar a ideia de ter mais um membro na família. Submissa, de maneira muito negativa, a mãe da minha noiva não conseguia ir contra o marido, que não concordava com a escolha da filha de ser modelo. Sendo assim, até sua mãe afastava-se da filha, para agradá-lo.

Isso tudo era tão ridículo que fazia a raiva em mim crescer. Queria resolver a vida da Erin, queria que ela tivesse pais diferentes. A independência que precisou criar foi toda depositada em Lua e esse era um dos traumas que, porra, eu reconhecia, Erin nunca ia superar.

Apesar de não ter sido amada como merecia por seus pais, agora tinha amigos que dariam a vida por ela. Porra, Erin pôde não ter tido a melhor infância ou adolescência do mundo, contudo, no que estivesse ao meu alcance, eu daria o futuro mais incrível que merecia ter.

— Alô?

Esqueci que o telefone estava chamando e que já tinha ligado para o meu pai. Sua voz foi como um bálsamo imediato. Eu sentia falta dele, mesmo que o visitasse todos os meses.

— Oi, pai! Como o senhor está?

— Ah, filho! Estou bem. Você sabe, na correria.

A loja dele, por mérito próprio, havia crescido tanto que agora pôde abrir mais duas filiais em cidades próximas a Miami. Ele estava orgulhoso de continuar trabalhando; eu sabia que isso mantinha sua mente ocupada. Além da pesca, que tanto adorava.

Eu queria ser mais presente.

— Nós também estamos. — Cocei a cabeça, observando Yan entrar pela porta da frente com uma caneta na orelha e um bloco de notas na mão. Coisas do casamento. — Sabe, eu queria te contar uma coisa. O senhor está muito ocupado?

— Filho, estou sempre livre para você. — Pude ouvir a risada dele do outro lado, muito parecida com a minha. — Então, o que está aprontando? E a Erin?

7 dias para sempre

— Ela está em Cozumel agora, no México. Sabe, lembra quando te contei que o casamento estava dando muita dor de cabeça? Agora, com a gravidez, eu me preocupo...

— Você tem toda a razão em se preocupar — ele enfatizou. — Ela precisa de cuidado e atenção. Você precisa estar sempre um passo à frente agora, Carter. Você é o apoio dela.

Sorri com seu conselho.

— Sim, é por isso que estou te ligando. Cancelei o casamento que estava deixando-a maluca. Decidi fazer do jeito que Erin sempre sonhou e, por medo de desandar, optou por manter do mesmo jeito. Ela estava infeliz, pai. Porra, muito mesmo. Eu a via chorando à noite por causa dessa droga de cerimônia.

— É, isso não é legal.

— Optei por fazer o casamento no local que nos marcou. Lá no México foi mágico. Quer dizer, toda a viagem, você sabe como eu fiquei. Só que lá, bem, é especial.

Riu novamente.

— Perdidamente apaixonado, eu me lembro. Bem, na sua adolescência, cheguei a te dizer que, apesar de adorar Lua, Erin tinha conquistado meu coração.

Pigarrei, desconfortável. Eu deveria tê-lo escutado. Quando Erin entrou na minha casa pela primeira vez, meu pai ficou encantado por ela. Ele me puxou para uma conversa, perguntando o que eu achava dela. Estávamos na cozinha, preparando o jantar e ele me soltou uma bomba. Me lembrei imediatamente do dia da cabana e garanti que, claro, Erin era apenas a melhor amiga da minha namorada. Papai não engoliu. Porra, ele não engoliu mesmo. Então, sempre elogiava Erin, como se quisesse me convencer de que era perfeita.

Mesmo naquela época, ele não precisava ressaltar o quanto a timidez e a beleza única daquela garota eram ímpares.

— Sei disso.

— O destino consertou os erros, mas eu não poderia esperar outra coisa dele, filho.

— Pai...

— Sim?

Aline Sant'Ana

72

— Erin quer que você a leve até o altar. Ela te disse isso?

Sabia que ela não havia dito. Apesar de manter contato com ele e até ter ligado quando descobriu o sexo do bebê, de ser tão amiga do meu pai como se ele fosse um pai para ela também, Erin não tinha contado porque queria que eu o fizesse.

— Ela o quê?

— Quer que você a leve... ela quer muito isso.

Ele ficou em silêncio. A linha ficou muda. Passou tanto tempo que pensei que ele tinha desligado. Yan, que já estava sentado no sofá, me olhou com um semblante atento, como se quisesse saber o que o meu pai havia dito.

— Ela... — Sua voz estava embargada, emocionada. Franzi os lábios, porque sua reação era esperada, mas imediatamente causou cócegas na minha garganta. Eu poderia chorar. — Ah, Erin é mesmo um doce de menina, filho. Ela tem certeza?

— Absoluta.

— Ficarei mais do que honrado em levá-la até você, filho. Ficarei... — Parou novamente, tomando uma respiração profunda. — Nossa, eu não esperava esse convite.

— Ela te ama, você sabe disso. Durante todos esses anos, a amizade de vocês só aumentou. Ela te vê como um pai.

— E eu a vejo como uma filha.

— Obrigado por amá-la, pai.

— Obrigado por ter, tardiamente, ouvido que ela era a mulher da sua vida. Não queria fazer isso, mas eu te disse.

Precisei rir, o que o fez rir também e Yan dar um sorriso torto. Puxei o fio da calça jeans, distraidamente, pensando que ela não fazia ideia de tudo o que estava preparando para nós.

— Então, vamos fazer esse casamento?

— Bem, estarei de braços dados com a moça de branco.

— É, acho que isso é um sim.

— Definitivamente, filho. Isso, com certeza, é um sim.

7 dias para sempre

CAPÍTULO 6

Loving can hurt
Loving can hurt sometimes
But it's the only thing that I know
And when it gets hard
You know it can get hard sometimes
It is the only thing that makes us feel alive

— *Ed Sheeran, "Photograph".*

Erin

Dois dias no paraíso com Roxy e eu não podia estar mais calma. Parecia que tinha sido engolida por uma maré de paz. Acho que realmente a água salgada faz milagres. Lennox não estava agitando as borboletas na minha barriga, o telefone não havia tocado por estar fora de serviço e ri tanto ao lado de Roxanne que um sorriso grudou no meu rosto, como se nunca mais fosse sair.

Aparentemente, rejuvenesci dez anos.

Precisava dar pontos também para o resort impecável que Carter escolhera.

O local era cercado por areia e mar, repleto de pequenos prédios de cinco andares, de alto luxo. A piscina na área central, tão grande quanto nunca havia visto, era nivelada ao mar, como se você pudesse estar em ambos os lugares ao mesmo tempo.

Dentro do resort, tantas atividades eram oferecidas, que usualmente ficava em dúvida sobre o que fazer. Além do clima agradável, das músicas latinas e da comida típica, o local de férias estava quase vazio, mesmo em alta temporada, possibilitando que eu e Roxy ficássemos ainda mais à vontade.

Os funcionários trataram-me como se eu fosse uma verdadeira princesa, reconhecendo que eu era a noiva do vocalista da banda The M's. Na maior parte do tempo — ainda que já estivesse acostumada com esse tipo de aproximação —, me senti tímida, por achar que pudesse parecer até encenado o tratamento.

Aline Sant'Ana

74

Ignorei aquilo tudo e a intensa movimentação dos funcionários, como se estivessem com pressa para algum acontecimento. Via, assim que descia para o café da manhã ou até mesmo para tomar sol com Roxy, toldos e cadeiras sendo levados para lá e para cá, além de mesas e colunas pesadas e brancas. Cogitei se Roxanne sabia de algum evento próximo e sua resposta foi apenas um dar de ombros.

Apesar de o resort estar extremamente vazio em alta temporada, apenas com algumas pessoas hospedadas, adorei cada segundo. Até preferi estar isolada, na realidade. Me senti jogada em um universo paralelo, vivendo do bom e do melhor, alheia à vida real.

— Senhorita Price?

Uma sombra tirou o sol do meu rosto e eu abri os olhos, franzindo-os, porque estava desacostumada à claridade, depois de tanto tempo de pálpebras fechadas. Um dos funcionários do resort, que usava um uniforme bem-passado e muito profissional, esticou um telefone sem fio e o entregou na minha mão.

— O que houve?

— Seu noivo, Carter McDevitt, está aguardando você na chamada.

Eu estava na beira da piscina com Roxy, embora achasse que ela tivesse cochilado enquanto estava de bruços, na sombra, fugindo do sol como um vampiro faz com a claridade. Pisquei rapidamente para clarear os pensamentos e assenti para o funcionário, agradecendo-o com um sorriso.

Assisti-o ir embora e coloquei o aparelho no ouvido.

— Carter?

— Oi, amor. Não consigo ligar para o seu telefone. Só gostaria de saber como as coisas estão.

— Ah, querido. Foi gentil ter me ligado. — Por incrível que pudesse parecer, meu coração deu um salto ao ouvir sua voz, ao reconhecer que era mesmo ele na linha. — Isso aqui é o paraíso. Estou mais do que bem.

— Sabia que faria bem a você. E, então, já pegou uma marquinha sexy para mim?

Dei uma risada contida.

7 dias para sempre

— Acho que você vai ter que descobrir sozinho.

— Não me importo nem um pouco, Fada.

— E como estão os preparativos da banda para a viagem? Tudo certo? — Engoli em seco, torcendo secretamente para que tivesse dado algo errado. Eu era horrível por ser tão egoísta e querer Carter só para mim, mas não podia fazer nada a respeito do sentimento.

— Acredito que sim. Estamos... hum... verificando.

Ele realmente era um péssimo mentiroso.

— O que houve?

— Nada, não quero falar sobre isso agora, amor. Me conte das suas aventuras. Me faça imaginar como seria estar aí com você.

Contei para ele sobre o resort e dei todos os detalhes. Inclusive, ressaltei a falta de hóspedes, em plena alta temporada. Ah, ele estava tão estranho durante a ligação que precisei pressioná-lo.

— Quer me contar o que está escondendo de mim? Todos estão tão misteriosos, parece que o mundo sabe de algo que não sei.

Carter gargalhou.

— Gosto da sua paranoia, amor. Tudo está bem. Eu também acho estranho o fato de não ter ninguém por aí. Talvez as pessoas tenham escolhido outro destino esse ano.

Resolvi brincar com ele.

— Quem sabe um certo cruzeiro?

Carter ficou em silêncio, apreciando talvez a memória. Ouvi a respiração dele se alterar e só com isso tudo em mim acelerou.

— Ah, Fada. Sinto falta de algumas coisas daquela viagem, principalmente da maneira que, a cada segundo, fui me apaixonando por você.

— Inevitável, não é? Como se alguém pudesse escapar disso.

— Ainda bem que você caiu nas minhas armadilhas.

Falar com ele por telefone foi leve e divertido. A saudade era positiva, muitas vezes, e o tempo realmente ameniza os machucados. Carter perguntou da minha saúde, questionou sobre Lennox, indagou se estava tomando as

Aline Sant'Ana

vitaminas que foram receitadas e era uma delícia ver o quanto se preocupava. No final da ligação, deixou claro que estava com saudade, disse para eu não me sentir obrigada a dar satisfação a ele, que essas férias eram unicamente minhas. Evidente que prometi encontrar uma maneira de falar com ele, ainda que fosse pelo telefone do hotel. Assim como Carter, ainda que estivesse tentadoramente no paraíso, preocupava-me com o fato de ele trabalhar muito, reconhecendo que, sem mim, ele possivelmente ficaria horas e mais horas criando músicas, se matando de gravar no estúdio, dedicando-se além do normal para dar o seu melhor.

— Vamos mantendo contato. Se cuida, minha linda. Fica bem, tá?

— Amo você, Carter.

— É, Fada, eu também.

Desliguei o aparelho como se tivesse quinze anos de idade e acabasse de falar com o menino mais bonito da escola. O sorriso apaixonado me entregou, porque olhei para o lado e Roxanne já não estava mais em seu cochilo.

— O Príncipe Encantado ataca de novo!

Ri e estiquei o pé para frente, alcançando a beira da piscina. Puxei-o, trazendo a água para cima e molhando Roxy.

Gargalhamos, caímos na piscina, fofocamos e esquecemos mais uma vez da vida.

Férias! Algo que, com certeza, foi criado por Deus.

CARTER

Eu, ao contrário de Erin, estava estressado até a porra do último fio de cabelo. Uma coisa que não poderia ser comparada ao normal, sabendo que tudo estava nas minhas costas aqui em Miami. Eu e Yan precisamos parar com toda a movimentação da banda para dar ênfase ao casamento, organizando os últimos segundos para que eu pudesse viajar em paz.

O que, por sinal, faria hoje.

— Zane e Shane já estão lá com Lua e Kizzie, escondidos no resort, até essa noite. Eu acho que nós podemos ligar para eles e questionar como está o andamento do casamento. Seu pai embarca hoje?

— Sim, embarca.

— Então, nós temos pressa.

Yan parou no lugar antes de voltar para onde eu estava. Ele abriu um sorriso de lado e me encarou.

— Acha que está pronto para surpreendê-la?

Faltavam poucos dias para o casamento acontecer, para o começo do felizes para sempre, para dizer a ela todos os planos. Contaria que não tinha viagem alguma depois do casamento, que fiz aquilo para usar como pretexto para quebrarmos a rotina. Diria que não podia deixá-la concluir nossa história de maneira menos que perfeita. Então, teríamos a lua de mel antecipada, que Erin sequer sonhava a respeito. Nós teríamos tudo de forma inédita e reviveríamos como se fosse a primeira vez.

Confesso que estava nervoso.

— É, algo assim.

Yan riu e colocou a mão no meu ombro. Os olhos cinzentos brilharam com malícia.

— Você sabe mais do que ninguém encantar aquela mulher. Se acha que essa é a melhor opção para vocês dois, vai na fé.

— Não estou com dúvida.

— Então...

— Estou nervoso pra caralho.

Ele gargalhou e me puxou para a cozinha. Ofereceu-me uma cerveja e, em seguida, abriu-a batendo a tampa na beirada da pia. Entregou-me e me fez beber. Mais relaxado do que gostaria de admitir em voz alta, soltei um suspiro.

Pegamos nossas malas e tudo o que faltava. Na noite passada, certifiquei-me de que as alianças estavam comigo, de que os principais convidados estavam cientes de que o casamento aconteceria no México e de que sabiam que era uma surpresa. Certifiquei-me de que o vestido tinha viajado com Kizzie, Lua, Shane e Zane. Tomei conta de todo o resto e pude respirar em paz.

Quando joguei o peso da mochila nas costas, arrastando as malas comigo, sabia que agora não tinha volta.

Aline Sant'Ana

— Vamos fazer isso ser inesquecível — garanti para Yan.

Tranquei a porta e dei um passo à frente. Os seguranças nos ajudaram e Mark, que já estava conosco há três anos, sendo chefe da equipe, abriu um sorriso comportado e contido.

— Fiquei sabendo da loucura que fez, Senhor McDevitt.

— É? E o que achou?

— As mulheres gostam de ser surpreendidas.

— Então acha que Erin vai gostar, hum?

— Senhorita Price vai ficar emocionada.

— É, eu espero que ela não me tire do altar aos chutes, por ter cancelado seus planos.

— Ficará aliviada por ter feito o que fez, confie em mim.

Estava na hora de começar o show.

Erin

Uma música latina estava tocando e a noite já estava no auge. Roxanne me puxou para uma festa que acontecia perto do resort, com música ao vivo, salsa e drinks. Claro que eu não estaria bebendo, mas a dança e a música alta eram uma ótima pedida. Roxy estava mais do que empolgada. Apesar de odiar qualquer coisa senão rock, era engraçado vê-la tentando dançar.

— Você precisa se divertir! — exigiu quando um rapaz a puxou pelos braços, girando-a por toda a pista.

O ambiente ostentava uma paleta de cores quentes. As mulheres usavam vestidos que rodopiavam e os homens, camisas floridas. O cheiro de tequila e limão no ar era forte, mas também algo com rosas, os perfumes femininos. Imediatamente gostei dali, quis dançar, mas tive receio ao pensar que Carter talvez não pudesse gostar.

— Eu estou bem aqui, Roxy.

— Não, você tem que sentir a batida disso!

Estava tocando Enrique Iglesias e Roxanne se deixou levar. Vestindo calça jeans, correntes pesadas, maquiagem escura nos olhos e um batom vermelho chocante, ela destoava de tudo à sua volta, porém ninguém parecia julgá-la ou se importar, porque os homens a puxaram e dançaram com ela como se não houvesse amanhã.

Ela estava adorando.

Saí do banquinho e fui para perto dela. Aquilo, com toda certeza, foi um convite para me puxarem e ensaiarem a salsa. Eu usava um vestido solto, leve, mas nada tão elegante quanto os que as mexicanas, naturalmente acostumadas com esse tipo de festa, usavam.

Um senhor de cinquenta anos trouxe suas mãos às minhas, conectando-nos de maneira correta e respeitosa. Eu sorri para ele ao ouvi-lo perguntar qual era o meu nome em espanhol e eu respondi já no meio de um rodopio que me chamava Erin. Ele me guiou tão bem que nem parecia que poderia me atrapalhar. Fazia tanto tempo que não dançava assim, que o suor correndo por meu corpo parecia infinito. Meus cabelos ficaram molhados quando me passou para outro rapaz e depois para outro, e todos me respeitaram tanto que achei adorável. Nenhuma tentativa de aproximação além da dança; era apenas pela batida, pela diversão e música.

Enquanto estava sendo rodopiada, rindo da tentativa de manter os passos certos, pensei ter visto Zane no bar. Foi por um segundo, mas atrapalhou os passos e me fez parar.

— Zane?

Abri ainda mais os olhos ao ver que o homem igualmente parecido com meu amigo ofereceu um sorriso malicioso e ladeado. Pedi licença ao senhor que estava dançando comigo e caminhei em direção ao bar, no entanto, antes que pudesse alcançá-lo, fui puxada pela mão e me deparei com um homem alto, forte e tatuado. Os olhos, um de cada cor, o sorriso com o piercing no canto esquerdo do lábio e um boné na cabeça me fizeram imediatamente reconhecer Shane. Antes que pudesse me chocar pelo susto, ele levou nossas mãos conectadas para o alto e me girou três vezes antes de me fazer, mais uma vez, bater contra seu corpo.

— Oi, tia Erin.

Ah, eu odiava quando ele me chamava assim! Tínhamos quatro ou cinco anos de diferença só.

Aline Sant'Ana

— O que está fazendo aqui, Shane?

Ele colocou a mão na minha cintura e começou a me guiar. A música trocou para uma ainda mais animada, e ele parecia saber muito bem o que estava fazendo. Confesso que ver Zane e Shane ali me deu certo alívio, além do susto.

— O seu noivo se preocupa com a sua segurança. Vi vários senhores olhando para o seu corpo. É, acho que eu e meu irmão chegamos em uma ótima hora.

Rolei os olhos, rindo.

— Isso era plano do Carter, então. Você acha que algum deles poderia me beijar?

Ele elevou a sobrancelha, os olhos incríveis brilhando.

— Ah, e você acha que não?

Shane dançou comigo duas músicas. Roxanne se aproximou de nós e começamos a conversar, até chegarmos a Zane. Ele estava preguiçoso, bebendo cerveja. Me puxou para que beijasse minha bochecha e tirou uma mecha de cabelo suado do meu rosto.

— E aí, noivinha, curtindo?

— Só relaxando. Então, o que vocês estão fazendo aqui?

— Carter nos mandou como cães de guarda, sabe como ele é. E, pelo visto, tinha razão, viu como aqueles senhores estavam te paquerando?

— Você e Shane não negam que são irmãos.

— Por quê? — questionou interessado.

— Nada. — Me aproximei de Zane e fiquei ao seu lado, passando os braços em torno da sua cintura e apoiando a cabeça em seu peito. Ele retribuiu o abraço e apoiou o queixo ao lado da minha cabeça. — Obrigada por ter vindo. Pelo menos, eu e Roxy não vamos ficar tão sozinhas. Tem sido bom, mas eu sinto falta.

— De mim? Ah, eu sei. É difícil ficar longe. Todo aquele lance de amor platônico...

— Cala a boca, Zane! — Ri e me afastei. Ele me encarou como se fosse um irmão mais velho e estivesse orgulhoso de mim. Nossa amizade era bonita,

7 dias para sempre

uma das coisas que mais prezava nos dias de hoje.

— Senti sua falta também e eu fico preocupado. Você tem todo esse lance do bebê McDevitt acontecendo.

— Ah, sim. O bebê McDevitt está bem, obrigada.

— Muito bom. Então, eu poderia te convidar para dançar, mas eu sou péssimo. Se quiser, você pode tentar puxar o Shane de novo. Ele ficava nos bares de Miami por mais tempo que me lembro e, você sabe, a alma latina da sua cidade é contagiante.

— Shane parece tão bad boy, mas sabe dançar salsa. Consegue me explicar isso, Zane?

Ele riu.

— Meu irmão sempre surpreende. E, então, vai ficar a noite toda sendo assediada ou quer dar uma volta pelo resort?

— Vocês estão hospedados lá? Desde quando? Por que não vieram falar comigo?

Zane deu de ombros.

— Chegamos há pouco tempo e quisemos fazer uma surpresa. Combinamos tudo com Roxy, acho que por isso ela estava tão empenhada em te trazer para essa festa.

— Tem mais alguma coisa que eu deva saber que vocês estão aprontando? Pelo amor de Deus, Zane, não me coloca em uma despedida de solteira. Já prometi ao Carter que...

— Você quer me ver fazendo striptease?

Abri a boca em choque e dei um tapa nele.

— Claro que não, Zane!

— Então, essa era a condição. Se não quer, não vai ter.

Ri alto.

— Você não tem jeito.

— Agora é sério. Quer dar uma volta?

— Eu adoraria.

Aline Sant'Ana

82

Zane levou a cerveja e pagou ao barman. Avisamos Roxy e Shane de que íamos dar uma volta e fomos caminhar pelas ruas estreitas, antes de podermos chegar ao resort. Ele ofereceu o braço para que pudesse segurá-lo e eu aceitei. Fomos caminhando, olhando a praia, em um silêncio confortável. A cada dia que passava, eu via a mudança em Zane. Depois de toda a sua história, meu coração se alegrava de felicidade. Ele merecia tudo de melhor no mundo, assim como desejava o mesmo para mim.

— Está mais calma?

— Sobre o quê?

— O lance do casamento. Não minta para mim, todos nós sabemos que você ficou maluca esses últimos meses.

— Sim, eu estou bem. Confio que Lua e Kizzie vão organizar o que falta. É tão pouco que chega a ser ridículo, porém cada grão de areia parece ser uma tempestade. Eu quero ter controle, sabe?

Zane parou de caminhar e me indicou um banco confortável para sentarmos. Essa área não era a praia principal e eu não tinha ido visitar nesse par de dias que fiquei em Cozumel. Parecia fechado, como se realmente fosse acontecer um grande evento.

— Você está dizendo isso porque tem medo de o Carter não gostar?

— Não, é que é muita cobrança para um evento que...

— Deveria ser só de vocês — completou a frase, como se me compreendesse totalmente.

Puxou um cigarro do bolso, mas olhou para a minha barriga e desculpou-se com um sorriso, enfiando-o novamente no lugar de onde veio.

— É, eu acho que você está certo.

Com cuidado, Zane tomou minha mão na sua e começou a brincar com meus dedos. Olhou atentamente o anel, a aliança de noivado, e sorriu.

— O que eu mais gosto de ver em vocês é a facilidade que têm para lidar um com o outro. Em todos esses anos, nunca vi brigas ou pequenas discussões, exceto agora, pelo casamento. Carter parece preocupado pra caralho, como se o mundo fosse desabar. Tudo isso porque ele se importa e quer o melhor pra você.

— Fui dura com ele sobre a viagem depois do casamento, Zane —

7 dias para sempre

confessei. — Aposto que ele já te contou o que aconteceu...

— Sim, ele contou.

— Eu fui dura com ele, porém esse sentimento não passa. Eu não quero dividi-lo com as fãs, não no nosso dia.

Mordeu o lábio inferior e encarou-me atentamente.

— Te entendo, Erin. Merda, eu entendo. Mas tudo vai se resolver. Confia?

— Em você? Claro que sim.

Suspirou e me puxou para um abraço. A brisa do mar me fez reconhecer que o tempo aqui fora era bem mais frio em comparação ao calor dos corpos e da festa latina. O abraço de Zane foi bem-vindo, mas, ao olhar para o céu, a lua cheia, as ondas batendo e o cheiro de sal, tudo em que eu podia pensar era em Carter e na forma que desejava que estivesse aqui.

Secretamente, olhei para as estrelas e pedi que um milagre acontecesse, que o homem da minha vida não estivesse muito ocupado para que um sentimento, uma pequena coceirinha chamada saudade, surgisse.

— Você está bem? — Zane questionou.

Assenti.

— Obrigada por ser meu padrinho, Zane — soltei e senti sua risada contra meu corpo antes de ouvi-la.

— Se você escolhesse qualquer outro homem para isso, eu teria que matá-lo.

— É?

— Totalmente.

— Então, eu te livrei de cometer um crime?

— Seria terrível. Já imaginou as manchetes? Zane D'Auvray, integrante da The M's, é acusado de assassinar o padrinho do casamento do vocalista de sua banda e de sua amiga Erin Price.

Gargalhei e Zane riu comigo, me soltando em seguida. Percebendo que fiquei arrepiada pela brisa, tirou a camiseta e a colocou sobre meus ombros. Zane não tinha um casaco, então ofereceu a própria blusa.

Aline Sant'Ana

Eu sorri para ele e decidi provocá-lo.

— Acho que Roxy deveria trocar o seu apelido de Casanova para Gentleman.

— Não.

— Você é um gentleman.

— Fica quieta, Erin.

— Gen-tle-man!

— Shhh! — Zane apontou o dedo sobre seus lábios e sorriu depois. — Esse fica sendo o nosso segredinho.

— Não sei se consigo guardá-lo.

— Se você não conseguir, vou ensinar para o seu filho como beijar de língua aos seis anos de idade.

Meus lábios se abriram em surpresa e franzi a sobrancelhas.

— Você não faria — duvidei.

— Quer apostar?

— Nem pensar!

— Mantenha o segredo, noivinha. Mantenha-o.

— Acho que vou fazer isso mesmo.

Terminamos a conversa rindo e eu agradecendo aos céus por ter um melhor amigo como Zane D'Auvray.

7 dias para sempre

CAPÍTULO 7

Você sempre surpreende
E eu tento entender
Você nunca se arrepende
Você gosta e sente até prazer
Mas se você me perguntar
Eu digo sim

— *Capital Inicial, "Fogo".*

CARTER

O sentimento de nostalgia cobriu tanto Yan quanto eu, porém fui o primeiro a dizer em voz alta. Voltar para cá era como reviver o dia em que embarquei no Heart On Fire e me apaixonei por Erin. Relembrei os pensamentos sobre querer gritar para o mundo que ela era minha, que pertencíamos um ao outro, sendo que estávamos contidos em razão do segredo.

— Eu senti falta desse lugar.

— É, eu acho que não é tão ruim voltar ao México.

— Isso aqui é o paraíso — ressaltei.

— Mas conta-se mais pela experiência que tivemos do que pelas águas claras, não é? — Yan bateu de leve em minhas costas, sorrindo.

Ele estava certo. Estávamos tão absortos pelas garotas que nos esquecemos do fato de ficarmos em um lugar como esse. Olhando-o agora, observando a paisagem, o colorido das casas, o sotaque das pessoas, vi o quanto não tinha honestamente prestado atenção.

Nem posso me culpar ou me julgar, Erin era uma ótima desculpa.

Assim que cheguei de viagem, eu e Yan já pegamos o ferry e fomos para Cozumel. Ficamos lá por um tempo, arranjando as coisas do casamento, e sequer me encontrei com o resto do pessoal. Tínhamos muitas coisas para arrumar e, segundo a ligação que fiz para Zane, Kizzie e Lua se manteriam escondidas até o dia do casamento. Erin e não tinha ideia de que eu estava aqui. Shane e Zane estavam cuidando dela, garantindo que permanecesse

Aline Sant'Ana

86

distraída o suficiente para não ver a movimentação na praia.

Evidente que eu não poderia me esconder pelos próximos dias e já estava com saudades, então ia surpreendê-la ainda hoje. Porém, cara, o casamento ia ser o maior choque. Erin não esperava por isso e confesso que estava maluco para saber se ela ia odiar ou amar.

Eu precisava mesmo saber, de forma que não adiaria muito o nosso encontro.

As horas passaram voando, opostas à ansiedade lenta do coração. Nunca pensei que algo tão simples, como um casamento na praia, pudesse ser tão maluco. Estavam preocupados desde a hora que deveriam começar a fazer os quitutes como também o acesso dos convidados. Yan, ao contrário de mim, parecia estar em casa, mandando em tudo, deixando as coisas a seu modo.

Pouco a pouco, antes de o sol se pôr, a estrutura foi ficando pronta. O caminho de areia estreito por onde Erin passaria com meu pai, as colunas brancas com flores coloridas e as tendas para cobrir as pessoas do sol do final de fim de tarde. O pequeno altar, as cadeiras com o número certo de convidados, o tom que Erin escolhera para o casamento na igreja... Olhar aquilo me trouxe uma emoção única.

Já me casara, tinha dito sim para uma mulher que pensava que amava e que possuía um sentimento recíproco. Eu já vi uma noiva caminhando em minha direção e eu achava que aquilo era para sempre. Em meio à pressão familiar e da minha própria ex, encarei uma ideia impulsiva e sem pé nem cabeça. Mas, agora, vendo sob a perspectiva de tantos anos depois, reconheço que o sentimento é totalmente diferente quando é verdadeiro.

Erin era o meu começo, meio e fim. Eu tinha a certeza de que seria eterno. Não possuía insegurança perante o sentimento, muito menos dúvida sobre ser ela a escolhida, não precisava de outra prova do destino — ele já havia feito o suficiente.

Coloquei as mãos na cintura e suspirei. A brisa da praia e o calor estavam ideais para o verão. Nesse lado do mundo, as coisas pareciam relativamente mais abafadas e quentes, por mais que tivesse passado a vida inteira em Miami.

— Seu pai já chegou também, Carter. — Yan apontou para o horizonte.

Vi-o caminhar devagar até mim, mas seus olhos não estavam nos meus, e sim na decoração da praia. Vestindo uma bermuda jeans descolada e a camiseta da empresa, a saudade bateu quase imediatamente ao olhá-lo. Vi o

7 dias para sempre

semblante do meu pai passar de curioso para emocionado e um sorriso, muito parecido com o meu, abrir no canto dos lábios.

— Isso aqui está de tirar o fôlego — comentou, imediatamente me puxando para um abraço. Nossa, era bom tê-lo aqui.

— Você gostou?

— Quase comecei a chorar, me lembrando do meu casamento e da sua mãe.

Ele travou um pouco ao dizer. Não era sua característica falar a respeito da minha mãe, ainda mais depois de tantos anos. Acho que ele evitava mais em razão da dor que ainda sentia do que por qualquer outro motivo. Subitamente, colocando-me em seu lugar, experimentei uma falta de ar. Ficar sem Erin seria o fim do mundo para mim, eu não sei se seria tão forte como meu pai foi.

— Eu imagino como isso deve ser complicado para o senhor — Yan interrompeu, sabendo a hora certa de falar. Trouxe meu pai para perto, seu ombro com o dele e deu dois tapas em suas costas. — Como está, Forrest?

— Bem, pelo visto, cada dia ficando mais velho. Você andou tomando o que para, cada vez que te vejo, parecer ter mais músculos?

O baterista da The M's pareceu levemente encabulado, como se tivesse quinze anos e recebesse casualmente broncas do meu pai.

— Só exercício, senhor.

— Bom, filho, quem sou eu para dizer que está demais? Sua mãe não tem puxado suas orelhas? — Riu, bagunçando o cabelo do Yan. Voltei ao passado por alguns segundos depois do gesto. — E como estão as coisas com a banda? Só tenho escutado vocês na rádio.

— Nós estamos nos esforçando cada dia mais — expliquei, caminhando em direção às cadeiras onde os convidados ficariam.

Havia um cooler no chão, onde eu e Yan deixamos as cervejas. Peguei uma e, sem questionar se queriam, estendi duas garrafas para Yan e meu pai.

— É, eu vejo. Sempre te apoiei, filho, mas acho que agora está na hora de desacelerar.

— Por Erin?

— E por Lennox. Agora você tem uma família para cuidar. Eles são a

Aline Sant'Ana

prioridade.

— Nunca permiti que fossem qualquer outra coisa. — E era verdade. Jamais seria capaz de passar algo à frente deles.

— Bem, gosto de ouvir isso. — Olhou-me orgulhosamente e bebeu da boca da pequena garrafa. — Quer dizer então que vou ter que ver meu filho se casando, não é mesmo?

Contemplativo, meu pai encarou novamente a decoração e, depois, o altar. Nós três olhamos para lá e ficamos em silêncio, imersos em nossos próprios pensamentos.

— Você verá, senhor Forrest — Yan respondeu.

— Mal posso esperar — concluiu meu pai, ainda que, em meu pensamento, o diálogo pudesse terminar comigo narrando a minha ansiedade em um tímido "eu também".

Erin

Zane e Shane estavam gargalhando tão alto que fiquei constrangida. Esses meninos, que de garotos não tinham nada, ainda me matariam de vergonha. Roxanne estava sentada ao meu lado, virando uma cerveja enquanto os observava jogando bola. Estava tarde, mas ninguém tinha sono. Depois do dia agitado que tivemos, só cairíamos na cama depois dos nossos corpos estarem exaustos.

— Você acha que Tigrão vai quebrar Casanova no meio?

Shane tinha jogado Zane sobre o ombro. Ambos eram fortes e a bola que estava em seus pés era coisa do passado. Os irmãos tinham brincadeiras bem brutas e, apesar dos apelidos zombados e da fisionomia blasé de Roxanne, ela estava preocupada. Geralmente, aquilo acabava em briga séria. Claro que, com os anos, isso havia melhorado, mas já presenciei muitas discussões para ficar atenta.

— Eu acho que o Zane...

Ele fez exatamente aquilo que eu previa: saiu dos braços do irmão e passou uma rasteira no Shane. Como se não bastasse, pegou a bola de futebol e colocou no calcanhar, driblando-o, de maneira que passou pelo irmão estirado na areia. Roxy e eu começamos a rir quando Shane tentou recobrar-se do súbito golpe.

— Tem energia para me derrubar ainda, mano?

— Não tenho, já estou velho e cansado. — Piscou Zane para nós duas, fazendo graça com a bola no pé. Sem camisa, os dois estavam causando certo alarde nas meninas desprevenidas do luau ao lado. — Não acha, Roxy?

— Por que eu tenho que opinar sobre isso?

— Porque você é da família.

— Bem, eu acho que vocês dois estão velhos demais. Então, o que me dizem? Mais cerveja?

Ela estava grata pela briga ter sido apenas de brincadeira, sem narizes quebrados ou sangue por todo o lado.

Eu também estava.

Shane pegou as cervejas, sendo a sua sem álcool, e entregou as normais para todos que estavam bebendo. Pela primeira vez na noite, reparei que a lua estava preguiçosamente no alto, iluminando toda a escuridão, acompanhando a fogueira em intensidade. Nesse lugar paradisíaco, o céu era pintado de azul-escuro e manchado com pequenos pontos brilhantes e brancos. Nunca pude ver tantas estrelas juntas, tão coladas umas às outras, como se não quisessem ficar afastadas..

Senti a presença de mais alguém ao meu lado e, antes que pudesse saber quem era, o sotaque londrino dançou através da língua.

— Quando você fica contemplativa é porque está arquitetando algo. Conte-me.

Ele já me conhecia o suficiente para ler minhas ações. E era recíproco.

— Você acha que é possível ser feliz para sempre?

Não esperava que fosse colocar essa questão na mesa, por isso levou alguns segundos para processar a pergunta.

— Felicidade é um estado de espírito. Você não precisa estar bem cem por cento do tempo. As pessoas querem que seja assim, mas não é possível.

— Eu me sinto feliz boa parte do tempo.

Aline Sant'Ana

90

— Você está feliz agora?

Deixei de admirar as tão tentadoras estrelas para observar sua expressão.

— Estou com saudade. Isso me impede de estar feliz como um todo.

— Sente falta dele?

— Eu seria louca se não sentisse.

Zane observou o mar, depois olhou para a lua, e, em seguida, para mim. Olhou para seu relógio, como se tivesse um compromisso agendado, e sorriu.

— Eu queria te fazer uma surpresa.

— Agora?

— Por que não? Vou deixar Roxy e Shane aqui e te levar para um lugar. Você não pode me fazer qualquer tipo de pergunta ou recusar qualquer coisa que eu venha a fazer. Tudo bem?

Esperei que Zane me guiasse pelo caminho, sem aceitar verbalmente. Ele foi entre os vários luaus que estavam acontecendo, cumprimentando todos que, de alguma maneira, o reconheciam. Zane era uma pessoa tão naturalmente influente, em qualquer ambiente que fosse. Continuou me fazendo caminhar pela parte de fora do resort e as areias da praia. O som dos violões se tornou quase inaudível quando Zane chegou a um lugar aparentemente isolado.

— E então?

— Eu pedi para que você não me perguntasse, certo?

Nada mudou. Tudo ficou parado pela noite e o som do mar, revoltado em suas próprias ondas. Zane esperou um tempo, até que me apontou um lugar bem ao longe, onde aparentemente uma pessoa se aproximava.

Antes que eu pudesse novamente perguntar, Zane tomou minha mão na sua e, com um gracejo, beijou a parte de cima.

— Tome cuidado com aquilo que deseja. — Piscou e começou a se afastar.

— Zane, volte aqui!

Negou com a cabeça e me deixou sozinha. Eu voltei meus olhos para a pessoa que estava se aproximando. Era um homem, vestindo uma calça clara e uma camisa social aberta, puxada até os cotovelos. A primeira coisa que reconheci foi o borrão das tatuagens e, em seguida, os cabelos bagunçados.

7 dias para sempre

Descalço, os olhos verdes intensos, eu pensei que estava tendo uma alucinação e precisei olhar para trás para ter certeza de que Zane havia me deixado.

Ele realmente tinha.

Mais perto agora, não tive dúvidas de que era ele. Minha mente começou a correr com diversas perguntas. O que estava fazendo aqui? Como chegou? Ele planejara isso o tempo todo?

— Como...

Deixei a pergunta no ar quando uma brisa forte e quente me tocou junto com ele. Suas mãos foram para a lateral do meu rosto e sua boca grudou na minha, em um beijo pacífico, oposto à velocidade estrondosa do mar. Os lábios macios foram tão cautelosos e estavam salgados, com sabor de cerveja e algo próprio, que vinha dele. Seu perfume misturou-se ao cheiro da praia, um afrodisíaco que me fez imediatamente voltar no tempo. As mãos permaneceram no meu rosto quando a língua, bem devagar, entreabriu a boca para que tivesse mais dele.

Carter deixou meu coração acelerar freneticamente quando a consciência de que ele estava perto de mim se fez presente. Eu não pude crer que ele estava aqui, me beijando, sobre a areia, ao som do oceano. Eu não pude crer quando suas mãos desceram por mim e puxaram minha cintura para perto e não pude nem mesmo processar o segundo em que, lentamente, Carter puxava a alça do meu vestido, liberando o ombro nu.

Desceu beijos por meu maxilar e de encontro ao pescoço. Em seguida, arrepiou minha pele quando tocou o exato ponto onde o vestido estava. Com a pele nua, sua língua brincou, seus lábios inchados e macios torturaram-me até, novamente, partirem para minha boca.

Ele só deixou o beijo se interromper quando precisou aproximar os lábios do lóbulo da minha orelha e inspirar fundo.

— Surpresa — falou baixinho, como se sua atitude não fosse a coisa mais incrível que já fizera.

Reconhecia que agora a banda estava em um momento de preparação para a sequência de shows. Trazer Zane e Shane já havia sido um grande passo, tendo em vista que Carter poderia ensaiar apenas com o instrumental, então eu não tinha achado tão estranho. Porém, agora, ver que ele realmente veio era... uau!

Aline Sant'Ana

— Eu queria tanto que você estivesse aqui. Pensei que ficar um tempo longe de tudo me faria bem, mas não era pelo estresse que tínhamos passado, e sim sobre a cobrança constante da cerimônia. Ah, Carter... você trouxe Zane e Shane para me alegrarem, mas eu queria você.

— Eu sei, Fada. — Sorriu genuinamente feliz com a minha atitude. Ele traçou meus braços com as costas do dedo e depois brincou com um pedaço de cabelo que estava comprido o bastante para que chegasse à metade do cotovelo. — Não quis te contar que viria porque esse é só o começo da surpresa. Eu preciso conversar contigo, mas não agora. Eu quero te curtir. Será que podemos?

— Você tem mais alguma coisa para me mostrar?

— Amanhã sim, hoje eu só quero te levar para um lugar.

— Tudo bem.

Entrelaçou minhas mãos nas suas e começou a me guiar para outro caminho, tão isolado quanto o que Zane escolhera para me mostrar. Meu coração ainda estava acelerado com algo tão bonito, com uma surpresa tão seleta. Eu sabia que ele queria me recompensar pelo furo ao marcar um show da banda logo depois da nossa lua de mel, porém comecei a pensar que tê-lo aqui seria como antecipar isso. Não que fosse o ideal, mas talvez...

O caminho de areia foi se estreitando até darmos de cara com uma toalha quadriculada e estendida, atrás de pedras altas, que nos davam ainda mais privacidade, se possível. Lampiões cercavam toda a areia e uma cesta generosa de piquenique se encontrava bem no centro da toalha. Almofadas de diversas cores permitiam conforto. Quando Carter me mostrou, com a ansiedade dançando em seu rosto, eu precisei sorrir ainda mais.

— É tão bonito que você, mesmo depois de quatro anos comigo, ainda consiga me surpreender.

— Quero te surpreender pelo resto da vida, amor. E então? Gostou?

Carter

Era possível ver a felicidade em seus olhos e a alegria ao me ver aqui. Para Erin, isso era tudo, mas amanhã viria a parte emocionante da coisa, a parte em que eu mostraria todos os preparativos para o casamento.

Isso aqui era só uma coisa boba, uma forma de curtirmos um tempo juntos.

Tirando o fato de que Zane, Yan e Shane me zoaram pra caralho em razão do ato romântico, acho que eu poderia sobreviver. Eles também eram caras bobos, não podiam atirar pedra, se tinham o telhado de vidro.

— Eu estou encantada, Carter.

Puxei-a para baixo e a ajudei a descer as pedras, pegando-a no colo. Nos sentamos na extensa toalha e ajeitei Erin para que as almofadas acomodassem sua coluna.

— Obrigada.

Sorri.

— E então? Vai me contar como conseguiu escapar dos seus compromissos?

— Depois. Agora, vamos comer?

Eu poderia começar a adiantar os planejamentos, pelo menos dizer que a discussão teve como objetivo fazê-la vir para cá. Então, a princípio, decidi abrir a cesta de piquenique e distraí-la com comida enquanto pensava na melhor forma de contar, sem expor tudo.

Minutos se passaram com Erin rindo de coisas bobas. Fazê-la rir era um dos meus passatempos. Ela comeu a uva, o lanche de peito de peru e bebeu o suco de laranja. Contou-me como foram os dias dela por aqui e das loucuras de Zane e Shane, disse também como estava orgulhosa de Roxy, por ter lidado com toda a surpresa do modo mais evasivo possível.

— Eles sabiam o tempo todo, o que me intriga — confessou ela, colocando uma uva na boca e mordendo com prazer.

— Tudo o que estou fazendo é para o seu bem, Fada. Eles sabem e estão me ajudando. Por isso mesmo, preciso contar uma coisa para você.

Tirei a uva de sua mão e puxei Erin para mim. Ela riu quando a coloquei entre minhas pernas e relaxou a cabeça contra meu peito. Fiquei nos olhando entrelaçar as mãos enquanto tínhamos as ondas como cenário.

— Consegui vir para cá facilmente porque esse era o plano desde o

Aline Sant'Ana

começo. Inclusive, deixe-me voltar um pouco...

— Conte-me seus segredos, Carter McDevitt.

— Estive preocupado com você ainda mais depois da pequena discussão que tivemos no dia em que descobrimos que Lennox era um menino. Eu pude ver o seu rosto fundo, as olheiras, o seu olhar de desagrado quando disse que precisava resolver as coisas da cerimônia. Você estava em seu limite. Não só eu, como todos à nossa volta perceberam, e eu não poderia deixá-la assim, linda.

— Então?

— Então, eu conversei com os caras, buscando uma ideia para... — pigarreei, desconfortável com a omissão. Não era o momento de dizer sobre o casamento, apenas sobre os planos de fazê-la relaxar em um lugar totalmente pacífico e distante da realidade. — que você tivesse um tempo longe de tudo. Eu poderia ter te oferecido uma viagem, mas você estava tão bitolada e estressada que provavelmente me mandaria ir me foder. Então, porra, eu não sei, Erin. Eu precisei fazer alguma coisa para que você visse que estava em seu limite.

— Como?

— Eu forjei a história do show. Aquilo não vai acontecer. Nem em um milhão de anos eu deixaria a nossa lua de mel em segundo plano. Tive que mentir e inventar uma coisa maluca e em cima da hora para que você ficasse tão puta que aceitasse passar um tempo ausente.

Erin virou-se bruscamente, os olhos brilhando em expectativa.

— O que você quer dizer?

— Inventei a merda toda, Fada. A discussão foi de mentira. Eu só precisava dar um empurrãozinho para fazê-la ceder a umas férias. Sei que, de acordo com as suas atitudes nos últimos meses, a única coisa que a faria se afastar seria encher o copo da sua paciência até transbordá-lo.

Olhou-me como se agora tudo fizesse sentido. Alternou a visão entre meus olhos e boca, estremecendo ao sorrir.

— Carter... Ah, meu Deus!

— Não vou viajar depois do nosso casamento, linda. Eu não faria isso com você. — Trouxe seu rosto para perto e raspei nossos lábios, enquanto

7 dias para sempre

encarava os olhos azuis e intensos. — Me desculpa ter te enganado e te ferido de verdade. Eu só precisava te desligar do mundo, e não sabia como.

— Eu não teria aceitado se você tivesse me convidado. Acharia uma loucura. Só aceitei porque a Kizzie, a mais centrada e cabeça no lugar de nós, me disse que o melhor era fazê-lo. Nem tinha passado pela minha cabeça a ideia de passar um tempo longe de Miami, ainda mais com os preparativos dando pepino a cada segundo.

— A ideia foi do Yan. Ele sabia que você estava bitolada e me contou que, muito provavelmente, seria melhor se você pudesse ficar nervosa comigo, como um estopim para aceitar uma loucura dessas. Fiquei com tanto medo, porra. Morri só de pensar que poderia te perder.

Erin tomou a atitude. Virou seu corpo de modo que ficasse de frente para mim e rapidamente montou em meu colo. Colocou os braços em torno do meu pescoço e encostou nossas testas. Com a respiração irregular, de excitação ou empolgação, beijou meus lábios.

Naquele toque, existia um pedido de desculpas da parte dela e da minha. Contar para Erin que a deixei nervosa somente para fazê-la embarcar rumo ao México era uma coisa fácil, o difícil mesmo seria dizer amanhã que eu joguei todos os planejamentos do seu casamento no lixo.

Ainda que estivesse nervoso, ansioso e temesse magoá-la, levei as mãos para a sua cintura enquanto Erin eroticamente já ia e vinha em direção à ereção discreta. Ouvi seu suspiro à medida que retribuía o beijo com mais desejo, lambendo seus lábios primeiro e os mordendo, antes de aprofundar a língua em um giro incontido. Erin respondeu a mim, já jogando a camisa aberta para longe dos ombros, namorando as tatuagens com os olhos, como se sonhasse em traçá-las com a boca.

Tantas vezes já o fizera que, merda, a recordação fez meu pau golpear atrás da calça jeans branca.

— Eu adoro a forma como seu corpo responde a mim, Carter.

Sorri contra seus lábios, ajudando-a a ir e vir no meu colo. Mesmo de roupas, já podia sentir o quanto ela estava quente, porque o vestido subiu e a sua calcinha úmida estava em febre, transmitindo o fogo.

— Nada discreto, você quer dizer.

— Ah, eu gosto que não seja.

Aline Sant'Ana

Voltou a devorar minha boca e eu deixei que Erin fizesse o que queria comigo. Tirou a camisa creme e jogou-a em algum canto da toalha de piquenique. Já foi em direção ao botão da calça, puxando o zíper audivelmente da calça e capturando a ereção.

Sentir seu polegar brincar com a cabecinha, fazendo o pescoço cair para trás. Gemi alto e a senti me bombear de leve, brincando ao raspar as unhas, trazendo a pele do pau para cima e para baixo, enquanto, com o indicador, já umedecia a minha própria lubrificação por toda a promessa de sexo quente.

No momento em que Erin tirou as mãos de mim e sugou o indicador para dentro da boca, dizendo que meu gosto era ótimo, eu perdi a porra do controle.

Deitei-a sobre a toalha e estiquei seu corpo mole de forma que não pudesse sair. Abaixei sua calcinha e tomei seus lábios, seu pescoço e, com as mãos mais rápidas do que as de um adolescente, puxei o vestido, a fim de encarar os seios lindos, que estavam ainda mais inchados devido à gravidez.

Beijei-os lenta e demoradamente, enquanto a via nua para mim.

Erin se perdeu na sensação e na fricção do meu pau em sua entrada. Mesmo sem penetrar, ele estava entre os lábios úmidos dela, subindo e descendo, seduzindo para que soubesse o que viria em seguida.

Mas, devido ao ritmo acelerado demais para o que eu pretendia fazer, precisei acalmar os ânimos enquanto observava o rosto lindo sorrir para mim. Os lábios de Erin estavam vermelhos da cor de sangue, assim como os cabelos estendidos na toalha.

Minha noiva não disse uma palavra quando voltei a beijá-la. Calmo, dessa vez. Trabalhei em torno da carne macia e brinquei com os bicos dos seios através do polegar, atiçando-a com a extensão do meu membro, que brincava com ela a ponto de sentir o clitóris inchar a cada investida.

Ainda estava vestido, mas meu pau não se importava, ele adorava o espaço que havia dado a ele.

— Eu te amo, linda — disse para ela, por saber que isso também a afetava.

Vagarosamente, como se a lua já tivesse mudado de lugar e desse espaço para o sol, adentrei na pequena boceta. Erin era o paraíso na hora do sexo, o meu encaixe perfeito. Eu amava a maneira que meu corpo se acendia cada vez que a tocava e como ela dançava em torno de mim.

7 dias para sempre

— Ah, Carter...

Estoquei suave, beijando sua boca, brincando com os mamilos rígidos. Fiz isso porque precisei dar a ela todo o amor que podia nessa praia. E fiz lembrando-me da vez em que a tomei entre as pedras, ouvindo meu nome a cada segundo, enquanto o cenário se iluminava em néon.

Precisei fazer como se fosse uma memória viva do que nós merecíamos e Erin foi perfeita, porque nem por um segundo ela me apressou ou me fez ir mais rápido. Ela queria a calmaria em meio ao orgasmo tanto quanto eu.

E foi assim que viemos juntos.

Eu fodendo-a tão leve que duramos horas na mesma posição, tomando cada parte da sua pele como se pudesse acarinhá-la, bebendo do seu sabor cada vez que ela se contorcia, fazendo nossos corpos passarem de um dueto para um solo.

Ela era incrível.

Se eu pudesse voltar ao passado, diria para o Carter que a tomou em seus braços naquela noite o seguinte: "você não vai se apaixonar por essa mulher somente agora, cara. Você vai amá-la todos os dias como se fosse a primeira vez".

Aline Sant'Ana

7 dias para sempre

CAPÍTULO 8

Ela dormiu
No calor dos meus braços
E eu acordei sem saber
Se era um sonho

— *Capital Inicial, "À sua maneira".*

Erin

Abraçada a Carter, observando o céu se tornar azul-claro e o sol apontar no horizonte, eu sorri contra seu peito. Desse ângulo, a paisagem era uma das coisas mais bonitas de se ver, pois a grande bola de fogo nascia ao beijar o oceano. Eu nunca tinha visto o amanhecer diretamente na praia, com um vento gelado me cobrindo, porém estava aquecida contra o corpo nu de quem eu amava.

Carter também estava acordado, acariciando minhas costas com o dedo, de cima a baixo, observando o mar. Ficamos a noite inteira fazendo amor, até estarmos exaustos demais para continuar. Só percebemos quantas horas se passaram ao notar que a escuridão do céu já clareava em indícios suaves de tons de azul, pincelados de rosa e laranja.

O silêncio parecia confortável até quando optamos por nos levantar. O sol já aqueceu nossa pele, mesmo através da brisa matinal, avisando-nos de que seria um dia intenso e caloroso. Vestimos nossas roupas, dividimos o suco de laranja da garrafa térmica — que o manteve geladinho — pegamos uma maçã para cada, a cesta do piquenique e a toalha quadriculada.

Caminhamos em direção ao luau que já tinha acabado. As toras remanescentes, já queimadas, estavam espalhadas. Latas de cerveja estavam em um grande saco transparente de lixo, mostrando que as pessoas foram decentes ao não poluir a praia. Carter me trouxe para perto, eu passei a mão em sua cintura e ele percorreu seu braço sobre meu ombro.

Andamos até chegar ao resort e percebermos que o lugar estava estranhamente quieto.

Aline Sant'Ana

— Que horas você acha que é? — Carter perguntou com a voz rouca da manhã.

— Deve ser cerca de seis horas — respondi.

Ele sorriu e beijou o topo da minha cabeça. Foi em direção às grandes portas, conversou com a recepcionista atenciosa, e me deu tempo para pensar.

A surpresa que Carter preparara eu jamais idealizara. Percebi que tinha coisas que não se encaixavam: a vontade súbita de Kizzie me colocar num avião, as discussões, a maneira de colocar a banda em primeiro plano bem no dia do nosso casamento. Só que Carter já fizera isso antes, quer dizer, ele já precisou cancelar jantares em cima da hora e compromissos em razão da banda, nada tão grave quanto a lua de mel, no entanto, ao mesmo tempo, nada que eu não estivesse prevenida. O cancelamento da nossa viagem me pegou mesmo de surpresa.

Graças a Deus era mentira.

Um peso enorme saiu do meu coração, indo para longe, e eu esperava que nunca mais voltasse. Eu estava grata por Carter ter sido um príncipe comigo, por fazer jus ao apelido de Roxy, por ter me virado do avesso para depois me mostrar como me ama e se preocupa comigo.

Ele era mesmo o meu Trevo de Quatro Folhas.

— Você quer ir para o quarto, quem sabe, dormir um pouco?

Pegou a chave e fomos até o elevador. No caminho, acabei bocejando e minha barriga roncou de fome. Tinha comido apenas a maçã durante o caminho.

— Eu acho que preciso comer antes de dormir.

Meu desejo foi uma ordem.

Tomamos banho antes de o serviço de quarto chegar, que foi espetacular, pois não só trouxeram todas as coisas que Carter pediu, como também pequenas amostras de comida típica da região. Comi por duas pessoas — suponho que Lennox estava faminto — e Carter riu enquanto eu me lambuzava de tudo, na esperança de ter mais um espacinho para um último e delicioso croissant.

— Se comer muito, vai ter pesadelos — alertou, sorrindo.

— Nunca tenho pesadelos quando você está ao meu lado — rebati, assistindo de camarote o meu noivo fazer aqueles lindos e intensos olhos verdes brilharem para mim.

— Então, vou te colocar na cama e fazer você sonhar com o dia em que será minha esposa, Erin Price.

Surpreendeu-me, tirando-me da cadeira, fazendo o pequeno pedaço restante do croissant cair no chão de madeira. Eu ri ao ser carregada para a cama e coberta por um edredom macio, devido à temperatura confortável do ar-condicionado, imaginando como seria passar o resto dos dias ao lado de um homem tão perfeito como o que o destino me reservara.

Novamente em seus braços, como no começo da manhã, me senti em casa. Carter fez carinho nos meus cabelos e cantou para mim até que eu fechasse os olhos e sonhasse com ele, vestindo algo tão claro quanto eu, com os pés descalços na areia, dizendo o quanto me amava em sua devota declaração de casamento.

Eu queria que o sonho fosse real.

Carter

Trocar o dia pela noite não é produtivo, mas como estava acostumado a ficar, muitas vezes, além de vinte e quatro horas acordado devido à intensa agenda de shows, consegui não pegar no sono com Erin. Eu tinha coisas para organizar do nosso casamento.

Saí do quarto e me deparei com Zane. Ele estava descabelado e com olheiras, denunciando que também não dormira muito bem na noite passada. Sorriu para mim no corredor e eu fiz um sinal de silêncio com o indicador, pedindo para que ficasse mudo até deixarmos a porta.

— Dormiu bem? — indagou, provocativo.

— E você, dormiu?

Zane sorriu.

— Você sabe que não.

— Preciso encontrar uma maneira de contar para Erin hoje sobre o casamento. Acho que vou levá-la lá, dizer que, se ela quiser, podemos nos casar, dizer que... ah, sei lá.

— Peça-a em casamento de novo, Carter. Diz que aquela porcaria de se ajoelhar na passarela foi ridículo...

— Eu não me ajoelhei *na* passarela. — Franzi a sobrancelha.

Ele demonstrou impaciência com um bufar.

— Tanto faz. Você fez um pedido tão simbólico. Peça de novo, mostre para ela o plano desde o começo, a vontade que você tem também de se casar aqui. Vai ser perfeito, Carter. Numa dessas noites, me falaram que vai ter até aquele evento do caralho lá.

— Que evento?

— Aquele que faz tudo brilhar.

— O mar? Em néon? — questionei, incrédulo.

Zane assentiu.

E isso me fez perceber que Deus realmente existe.

Os planos eram me casar aqui por tudo o que significou para nós dois, mas jamais iria acreditar se me dissessem que o efeito da bioluminescência aconteceria de novo, justo nos dias em que tudo estava arranjado. Mais do que nunca eu queria que Erin aceitasse.

— Cara, você está divagando. Vem, vamos descer e fazer tudo o que tem de ser feito. Você está bem?

Eu estava pilhado, ansioso, disposto a seguir a ideia de Zane e pedi-la novamente em casamento, do jeito certo, do jeito que ela merecia, sem ser por trás dos bastidores de um desfile, pelo amor de Deus.

Detestava concordar que Zane estava certo.

— Estou.

— Então vamos.

7 dias para sempre

Erin

Eu não podia acreditar que as surpresas não tinham acabado.

Era como se fosse uma explosão de felicidade atrás da outra, até Lennox estava agitado, flutuando as borboletas por onde podia.

Acabei encontrando Lua, Kizzie e Yan no meio do caminho, quando estava indo em direção ao parque aquático pela manhã com Roxy e Shane, andando pelas ruas estreitas da pequena cidade. Carter e Zane disseram que tinham algo para fazer, então acabei deixando-os livres, partindo apenas com quem podia me fazer companhia. No entanto, não importava o fato de estar sem os dois, a questão é que eles me deixaram a ver navios com um susto gigante para lidar.

— O que vocês estão fazendo aqui? — perguntei, depois do choque.

— Nós fomos convidados — respondeu Lua, abrindo um sorriso. — Está assustada que todo mundo esteja aqui?

— É que era para ser uma viagem só minha e de Roxy, então, de repente, todos começam a aparecer e me surpreender. Eu realmente estava muito maluca? É algum tipo de intervenção ou coisa parecida?

As respostas, as desculpas, o subterfúgio, tudo deixava claro que tinha algo errado. A ansiedade não me fazia bem, nem um pouco, e eu precisava saber logo esse segredo que todos estavam mantendo.

— Não é uma intervenção. Não se preocupa — Kizze garantiu.

— Só estamos aqui como umas férias grupais. Lembra quando fizemos isso há um tempo? — Yan ressaltou, completando.

Sim, tínhamos viajado e foi maravilhoso, mas isso aqui era diferente.

— Eu só quero compreender um pouco. Vocês estão preocupados que estou me dedicando ao casamento, eu já entendi, vou pegar mais leve, só que parece que...

— Não seja assim, amor! Vamos aproveitar um tempo no parque aquático e esquecer os problemas. O que vocês acham? — Lua atraiu a atenção que precisava naquele segundo, pois todos começaram a se agitar com a possibilidade de diversão.

Os meninos caíram na primeira piscina que acharam. Roxy e Kizzie

Aline Sant'Ana

entraram na dança e mergulharam profundamente. Eu e Lua optamos por tomar sol primeiro, enquanto, deitadas na espreguiçadeira, olhávamos o parque.

Não era tão grande como muitos que já vi, mas tinha uma temática mexicana inquestionável. A música que tocava era típica e os brinquedos possuíam cores quentes. As pessoas que estava lá pareciam totalmente alheias ao resort, era um lugar bem separado que rendia cerca de vinte minutos de caminhada. Todos que pude ver eram nativos, exceto alguns raros turistas que apareciam.

Para se divertir, havia os mais diversos tipos de brinquedos. Tobogãs gigantes, piscinas que imitavam ondas, escorregadores que desciam com boias em formato de *donuts* — o que era particularmente engraçado —, esguichos de chão para crianças pequenas, uma espécie de montanha-russa com o nome Splash, entre outros. A diversidade era imensa e peguei-me pensando qual deles iria aproveitar quando estivesse quente demais para ficar sob o sol de Cozumel.

— No que você está pensando? — Lua perguntou.

— Estou decifrando o lugar para ocupar minha cabeça. Carter disse que ia me contar algo hoje. Suponho que tenha a ver com o que vocês não querem me dizer.

— Não podemos quebrar a confiança dele assim, então preciso me manter quieta. Até porque, francamente, eu não poderia me intrometer em algo dessa proporção.

— Esse suspense está me matando! — confessei.

Lua riu, algo que eu adorava ouvir. Depois de tudo o que aconteceu, passei a valorizar cada coisa que ela fazia, como se pudesse me agarrar e fazê-la ficar bem para sempre.

Pensamento tolo, desnecessário, mas que eu não conseguia deixar ir.

— Você não vai morrer sem saber, eu te prometo — Lua encerrou a conversa.

Shane, todo molhado, apareceu no meu campo de visão. Pela fisionomia travessa, como a de um garotinho prestes a jogar um ovo no coleguinha que faz aniversário, percebi que iria aprontar alguma. Ele se sentou entre mim e Lua, no chão, e voltou os olhos coloridos para mim.

7 dias para sempre

— Escuta só, tia Erin, você vai ficar o tempo todo nessa cadeira aí? Fritando e se tornando um camarão?

Olhei para a minha pele, que agora estava com um leve toque bronzeado. Nada demais, visto que eu nunca conseguia pegar o tom dos sonhos. Sorri para Shane e dei de ombros.

— Não sei se quero enfrentar uma piscina. A água parece fria.

Por que fui dizer aquilo?

Shane passou as mãos embaixo do meu corpo como se eu fosse uma noiva e, comigo gritando e pedindo pelo amor de Deus para ele parar, caminhou em direção à piscina. Olhou para mim com a sobrancelha levantada e, depois de mais um passo, se jogou com tudo na imensidão azul. Agarrei Shane como se ele fosse um bote salva-vidas, meus ouvidos ficando surdos e a água abraçando cada parte da pele, arrepiando-me.

Voltamos à superfície e tive que lidar com o sorriso zombeteiro de um D'Auvray.

— Bem melhor agora, não é?

— Estou com frio, Shane.

— Ah, não está não. Logo vai se acostumar. Vem, vamos nadar.

De longe, pude observar Lua sorrindo, incentivando-me a relaxar e curtir o parque aquático. Isso talvez fosse levar embora a ansiedade e a vontade de saber o que Carter estava aprontando. Relaxar na piscina e dar risada das coisas de Shane eram coisas que, com certeza, aliviariam meus ânimos.

— Vamos! Tá fazendo corpo mole, é?

Ri e dei braçadas na água para chegar até ele, deixando que minha mente vagasse para muito longe e que a ansiedade não tivesse vez contra a relaxante piscina.

CARTER

Erin ficou o dia todo na piscina, o que foi ótimo, pois consegui organizar a parte que faltava. Tudo estava pronto, de modo que, se ela aceitasse, poderíamos casar no final da tarde do dia seguinte.

Aline Sant'Ana

106

Soltei um suspiro, pois o nervosismo me fizera parecer um lunático. Brinquei com as alianças dentro da calça, observando todo o cenário, para ver se aquilo me tranquilizava. Zane me ajudou a iluminar algumas partes, mas não tudo, porque isso teria que ficar para o casamento, mas unicamente para que Erin pudesse ver o que tínhamos feito, para que pudesse sentir o sonho se tornando realidade.

A praia estava iluminada, não ainda pela bioluminescência, mas conforme algumas ondas caíam, pequenos pontos de luz surgiam, denunciando que amanhã seria o dia perfeito, pois o mar estaria especial.

— Respira, cara. Você não vai conseguir pedir a Erin em casamento de novo se morrer, não acha?

Olhei para Zane e ri. Yan estava por perto, verificando cada detalhe, revelando possivelmente seu TOC por organização.

— Está tudo ok, nós podemos sair. As meninas conversaram com Erin e pediram para que ela viesse até aqui. Ela deve chegar a qualquer momento.

— Porra! — soltei.

Os caras riram.

— Carter, você já fez isso antes, sabe a resposta dela. Não fica nervoso — aconselhou Yan.

— Eu sei que ela vai dizer sim, só não sei se ela vai dizer sim para tudo o que nós fizemos. Eu cancelei o casamento dela, cara. Me meti em todos os planos que Erin...

— Que a *obrigaram* a fazer. — Zane franziu as sobrancelhas, apoiando a mão no meu ombro. — Ela vai dizer sim. Seja firme e seguro, mostre que essa é a melhor opção. Só vocês, mais ninguém. Lidaremos com a mídia mais tarde.

— Kizzie já está verificando as possíveis justificativas. Além do mais, já me garantiu que o resort está sendo ocupado por todos os nossos amigos. As pessoas já chegaram, Carter. Vai ficar tudo bem — Yan completou.

Deixei que eles fossem embora e agradeci por toda a ajuda que me deram. Nunca me esqueceria de todo o apoio que recebi durante esses últimos dias. De qualquer maneira, bebi o resto do champanhe que estava na minha taça. Fiquei tão pilhado que precisei colocar álcool no sangue. Deixei um champanhe — dessa vez sem álcool — ainda intocado, dentro do gelo, perto da mesa que preparei para nós dois sentarmos. Isso era apenas para comemorar com Erin,

7 dias para sempre

caso ela aceitasse esse plano súbito.

Quer dizer, que noivo pede a mulher em casamento com uma cerimônia arranjada? Tudo bem, nossa ocasião era especial, eu tinha uma noiva grávida, realizando uma festa que ela estava odiando, estressada até o último fio de cabelo, pensando sobre como tinha se arrependido. Mesmo assim, estava indo contra tudo o que ela fez, tudo o que imaginou. Por mais que não tivesse gostado, a ideia já estava na cabeça e era isso.

Voltei a respirar de novo. Eu tinha me colocado bem no centro do arco de flores, na entrada do tapete de areia. Dessa forma, Erin poderia ver a decoração completa. As cadeiras com flores e o tom lilás com creme e roxo que escolhera em cada pequeno detalhe. Até o palco onde seria o casamento e, inclusive, se olhasse para a direita, veria um quadrado de vidro, com capacidade para cento e cinquenta pessoas e isolamento acústico, onde comemoraríamos o pós-casamento.

Minha mente parou de trabalhar por um segundo ou dois, desligou os pensamentos como se um fio tivesse sido desconectado da tomada.

Ainda que eu não fosse capaz de raciocinar, meu coração era capaz de bater. Galopou forte, com tudo de si, no segundo em que meus olhos encontraram os dela.

Erin estava incrível.

Usava um short branco e folgado e uma camiseta curta e azul que mostrava a barriga suavemente arredondada. Em letras brancas, a estampa da camisa dizia: É um menino!

Percebi seu choque à medida que observava tudo, encarando ao redor, como se fosse algo de outro mundo. Levou as mãos até a boca para conter o grito que soltou de surpresa. As lágrimas não deram tempo de ela processar, pois já caíam rapidamente pelas bochechas coradas do sol.

Preparei meu coração para demonstrar para essa mulher o quanto eu a amava, o quanto eu a queria, e que isso era o melhor.

— Carter?

Ela deu passos duvidosos em minha direção. Observando, não só a decoração, mas cada detalhe. O olhar de reconhecimento passava pelos tons lilases e roxos, o enfeite dos bancos, o arco de flores que ela tanto desejava. Vi a transparência em seus olhos à medida que ela reconhecia que isso tinha

Aline Sant'Ana

sido feito para ela.

— Isso tudo... o que é isso?

Peguei sua mão delicada e estudei seus dedos entrelaçados aos meus. Observei a aliança de noivado que dei para ela e pensei melhor. Eu não deveria pedi-la em casamento com as alianças que estavam em meu bolso, mas sim com o anel que já estava em seu dedo.

Trouxe sua mão para cima e deixei que seu anelar tocasse meu lábio. Erin abriu mais os olhos quando tomei seu dedo para dentro da minha boca. Zane queria que fosse um pedido especial? Porra, isso seria muito além de especial.

Seu dedo foi até o fundo, até eu sentir o anel na ponta dos lábios e sua unha arranhar a língua. Puxei o anel com a boca, encarando os olhos da minha noiva. Ela estava tão afoita e ofegante. Denunciando o quanto isso era sexy, sorri, puxando, com um raspar de dentes, finalmente o anel para mim.

Erin puxou seu dedo para fora e o anel ficou. Tirei-o delicadamente da boca e o segurei. Ela não disse uma palavra, mas não foi necessário. Seus olhos chamuscaram quando me dobrei novamente em um dos joelhos e soltei um suspiro.

Zane estava certo.

Dois pedidos de casamentos seriam apropriados para uma mulher que entrou duas vezes na minha vida. Na primeira, deixei-a escapar. Na segunda, não poderia ser tão tolo assim.

— Erin...

Erin

Eu não podia assimilar todas as coisas que estavam acontecendo, pois pensava que isso aqui era apenas mais um piquenique ou quem sabe outro luau, só para mim e Carter. Mas, conforme fui me aproximando, vendo a iluminação e os detalhes, percebi que aquilo era um cenário de casamento. O meu noivo vestido formalmente, ainda que a seu modo, fez minha mente começar a processar. Todos os pontos foram ligados, todas as coisas e os segredos que ele deixou de me contar, revelados.

Minha mente não parava um segundo.

Engoli em seco, enquanto meu rosto estava molhado e o coração galopando tão forte que me preocupei. Assisti-o pegar minha mão, naquele cenário inesquecível, e umedecer a boca com a língua rosada.

— Eu poderia escolher mil maneiras de fazer isso acontecer, mas te surpreender seria muito melhor. Poderia ser pacífico e conversar contigo a respeito de como as coisas fugiram do controle, porém não seria o bastante. Eu precisava realizar uma coisa da qual você não se arrependesse, algo inesquecível e irrecusável. — Uma pausa, nossos olhos emocionados demais para que pudéssemos agir naturalmente.

— Te imaginei daqui a vinte anos, sentada em nossa varanda, pensando sobre o dia do nosso casamento — continuou, ainda segurando a minha mão. — Pensei em como você contaria para Lennox e para os nossos futuros filhos, se tivermos mais. Idealizei a sua infelicidade ao narrar que se casou em uma igreja, ao invés do sonho de casar na praia e aquilo partiu o meu coração.

— Ah, Carter...

— Não foi fácil passar por cima de você. Querendo ou não, eu... hum... cancelei todos os seus planos. Organizei um casamento do zero, ao lado de caras que não entendem merda nenhuma de quitutes e decoração, mas que fizeram de acordo com seus corações. Então, não posso tomar todo o crédito; isso atrás de nós é fruto de uma dedicação não só minha, mas de todos aqueles que você ama. Nós planejamos isso sem que você soubesse. E eu tive que brigar com você, inventar tudo aquilo, apenas para te colocar no momento certo, na hora certa, vivendo o que você merece viver, linda.

Soltei um suspiro, vendo-o deslizar o anel pelo meu dedo, até chegar à primeira dobra.

As saídas de Carter, ele me avisando que ia ensaiar com a banda durante a semana, as dormidas fora de casa, todas essas coisas foram os planejamentos do casamento?

Meu Deus, eu tinha mesmo encontrado o Príncipe Encantado.

— Isso tudo é por você e todos os planos são por você. Loucos e incertos? Talvez, mas sempre por amor.

— Isso é... — Eu não sabia o que dizer para ele.

Aline Sant'Ana

110

— Eu quero que você feche os olhos por um segundo, pode fazer isso por mim?

— Sim, eu posso.

Fechei os olhos, tornando os outros sentidos mais aguçados. A audição, principalmente, que era capaz de ouvir o coração nos tímpanos e as ondas fortes do mar à nossa esquerda.

— Existe um homem que ama você além da explicação. Ele ama você de coração, de alma, de corpo. Ele ama você porque não foi escolha dele te amar, apenas é. Amou-a desde que te reencontrou, amou-a querendo gritar para o mundo a imensidão do sentimento. Ele pode não ter sido perfeito durante todos os episódios de sua história, porém ele jurou te recompensar por todos os segundos que deixou de viver do teu lado.

Suspirei fundo.

— Abra os olhos — pediu.

Olhei para o redor. A praia estava mal iluminada pelas velas que Carter espalhara. A decoração do casamento, impecável do início ao fim. Pessoal, particular, algo tão nosso que eu não poderia ter feito melhor. Emocionei-me de novo, as lágrimas que já caíam passaram a descer com mais velocidade.

— Case-se comigo, Erin. Amanhã, nessa praia, ao lado das pessoas que amamos. Case-se comigo onde descobri que o sentimento por você era inegociável, onde me encontrei no teu corpo, no teu beijo, no teu coração. Case-se comigo onde você quer casar, onde você merece casar, onde nossa história merece seu começo. Casa comigo, Fada?

O tempo que levei para respondê-lo não foi em razão da dúvida ou do medo de dizer sim, pois eu já sabia que o amava e que iria me casar com ele, mas pela surpresa e pelo súbito sentimento de paz e felicidade que me tomou.

— Sim, meu amor. É claro que sim. Eu quero poder caminhar nessa estrada de areia com o meu vestido e te olhar do outro lado, quero poder dizer sim ao som do mar, ao lado de pessoas que nos amam de verdade. Quero também comemorar com você naquele salão discreto ali ao lado. Quero dançar, quero viver e reviver mil momentos. Quero te agradecer todos os segundos de nossa vida por ter tido coragem enquanto eu não tive, por ter sido a força que eu não pude ser e por ter lido através de mim, mesmo quando nem eu sabia o que realmente desejava. Eu te amo tanto por me conhecer tão bem, te amo

7 dias para sempre

ainda mais, como se meu coração pudesse se expandir. Então, sim, claro que sim. Mil e cem vezes sim!

Carter não era um homem de se emocionar com facilidade. Poucas vezes, em quatro anos, eu o vi chorar de verdade. Já fui apresentada a pequenas lágrimas de alegria e emoção, mas nada como o vi fazer agora.

Ele chorou da alma para fora.

Um alívio que esvaziou do seu peito que me fez chorar ainda mais forte. Chorou como se estivesse grato, feliz, mais emocionado do que jamais esteve. Eu não pensei que poucas palavras pudessem mexer tanto assim com seu coração, mas tiveram o efeito perfeito quando terminou de colocar o anel em meu dedo, se levantou, colou sua boca na minha e tomou um longo fôlego com nossos rostos próximos.

— Tive medo ao te ver perder a cabeça, ao te ver tão sombria e estressada que não parecia a mulher pela qual me apaixonei. Uma cerimônia, uma coisa enorme, te exigiu mais trabalho do que nunca pude esperar. Eu só queria te ver feliz, Fada. Isso era tudo o que eu queria. Ah, isso é tudo o que eu mais quero.

— Estou feliz, estou radiante, estou pensando que você não existe e que em todo esse tempo tenho te imaginado. É incrível, Carter. Inacreditável como você pode fazer eu me apaixonar ainda mais por você, como se não existisse limites para o amor.

Trocamos respirações, nossos corações provavelmente estavam em um embalo só.

— Não há nada que possa impor um limite dentro do infinito do que eu sinto por você — sussurrou contra minha boca.

— E sempre mais — completei.

— Todos os dias.

Ele sorriu e me beijou. Naquele segundo, as ondas do mar ficaram calmas, como se não quisessem roubar nosso momento. A brisa se tornou suave, seus braços me aqueceram, sua boca me prometeu coisas que as palavras não poderiam fazer.

Em um instante, eu só fui capaz de ouvir a suavidade de nossas bocas se encontrando, o coração gritando a plenos pulmões que eu o amava e a voz

Aline Sant'Ana

da razão alertando-me que nada nem ninguém nesse mundo poderia ser tão incrível quanto o homem que eu tinha em meus braços.

Eu tinha sorte.

Eu tinha Carter McDevitt.

Por isso, eu tinha tudo.

CAPÍTULO 9

Forever, and ever, you'll stay in my heart
And I will love you
forever and ever we never will part
Oh, how I love you
Together, forever that's how it must be
To live without you
Would only be heart break for me

— *Aretha Franklin, "I Say A Little Prayer".*

Erin

Existe uma tradição nos casamentos que eu sempre quis realizar. Era uma coisa aparentemente tola, mas que fazia meu coração acelerar toda vez que lia em alguma revista ou em qualquer romance quando adolescente.

Supõe-se que, para trazer sorte ao casamento, a noiva faça o seguinte: usar, no dia da cerimônia, algo velho, algo novo, algo emprestado e algo azul. O primeiro é qualquer item antigo, como o colar favorito da avó, por exemplo. Segundo, ganhar algo novo, que pode ser desde um presente da família, do noivo, como também de suas amigas. O terceiro é pegar um item emprestado de uma pessoa que você estima muito e, o quarto e último, utilizar algo azul, de preferência perto do coração, como um pedaço da camiseta do homem que ama ou até um sutiã nessa cor.

Desde que organizei meu casamento, não queria abrir mão da tradição. Fiquei tão aliviada quando as meninas pediram para eu ter paciência e acreditar que tinham planejado. Soltei um suspiro longo e emocionado depois de saber.

— Você tem que parar de chorar hoje, Erin. É o dia do seu casamento! — Lua alertou, elevando a sobrancelha, rindo suavemente do meu nervosismo.

Todas achavam fofo enquanto eu estava pirando.

— Eu estou tentando parar de me emocionar. — Sorri de volta para ela.

— Bem, há muito ainda que te fará vir às lágrimas. Acho que vou pedir para te maquiarem só no último segundo.

Aline Sant'Ana

Ela estava certa.

Na noite passada, depois da surpresa de Carter e de ter aceitado casar na praia, nós nos beijamos tanto que quase fizemos amor ao ar livre mais uma vez. Porém, quando deu meia-noite, como a Cinderela, Roxanne veio nos buscar, alegando que dava azar os noivos se verem no dia. Então, acabamos dormindo em quartos separados, o que foi terrível.

Por estar longe de Carter, ansiosa e tão perto de finalmente fazer isso acontecer, estava particularmente emotiva. Na minha cabeça, isso só aconteceria dali a um tempo e acho que não estava preparada.

Hoje eu ia me casar.

A comoção já era grande. As pessoas que Carter contratou no resort estavam correndo de lá para cá, nossos amigos — todos os que eram realmente próximos, e não os mil da lista infindável — já estavam hospedados, prontos para nos receber. O casamento iniciaria às cinco e meia da tarde, com a minha entrada às seis. O horário perfeito para que o sol começasse a se pôr e o tom laranja e inconfundível abraçasse cada segundo da cerimônia.

— Você vai relaxar e colocar a bunda aí! — alertou Lua, observando-me por um tempo, vendo que estava ainda mais ansiosa agora do que antes. — Precisa hidratar o seu cabelo para começarmos o penteado. Isso vai levar tempo. Você decidiu se quer o véu ou a coroa de flores?

Trouxeram o meu vestido. Ele estava pendurado em um cabide. Impecável. Eu já havia decidido que entraria com apenas uma sapatilha, mas ainda não tinha decidido sobre o véu ou a coroa.

— O que você acha?

— Bem, está tudo enfeitado com flores lilases e eu acho que o véu, agora, na praia, não cai tão bem quanto uma coroa. Podemos deixar seus cabelos soltos ou com um coque baixo, alguns fios soltos emoldurando o rosto, e a coroa entrelaçada ao seu cabelo. A Roxanne disse que sabe fazer e fica lindo!

— Roxanne é muito talentosa... acho que vou de coroa, então.

Por mais que estivesse cheia de coisas para fazer, o tempo se arrastou como uma lesma. Hidratei os cabelos, fiz as mãos e os pés, e ainda faltava muito tempo para o casamento.

Kizzie entrou no quarto, observando-me com seu olhar clínico. Abriu um sorriso e se sentou perto de mim. Lua disse que iria chamar Roxanne, para ela já começar a trabalhar no meu cabelo, deixando eu e Kiz sozinhas.

— Dei uma espiadinha no seu noivo.

Mordi o lábio inferior.

— Como ele está?

— Uma pilha de nervos, assim como você. Está se arrumando devagar. Ele está lendo e relendo os votos, como se fosse se esquecer na hora. Isso me fez pensar... você sabe o que vai dizer?

Assenti.

Muito antes de colocar qualquer ideia no papel, de planejar alguma coisa do casamento, eu fiz meus votos. No mesmo instante em que os escrevi, memorizei, por ser tudo o que eu sempre quis dizer a ele. Não era uma novidade, era um resumo de todos os sentimentos: dos novos aos velhos. Não havia possibilidade de esquecê-lo, nem se desejasse.

— Então você está pronta. Basicamente falta o cabelo, a maquiagem e o vestido.

— Sim, acho que é isso.

— Bem, vamos trabalhar então. — Sorriu, tomando minha mão na sua, lágrimas apontando na lateral de seus olhos, ainda que quisesse escondê-las.

CARTER

— Toma uma cerveja para relaxar — Zane ofereceu.

— Não, cara. Obrigado.

Pela janela de onde estava, podia ver a praia lá embaixo. As pessoas estavam preparando principalmente as coisas de comida, que só podia ser resolvido em cima da hora. Como estava ocupado com um surto de ansiedade, Yan fez o favor de ficar lá embaixo, coordenando tudo.

Honestamente, eu não parava de pensar em Erin e nas palavras que tinha que dizer a ela. Sonhava com a maneira que ela estaria vestida e em como caminharia pela areia, vindo até mim, tocando a música que ela escolhera.

Aline Sant'Ana

Ainda não sabia qual era, mas, segundo Yan, que já a tinha escutado, era especial demais.

— Entre — falou Zane, ao ouvir alguém bater à porta, pois eu estava distraído demais em meio aos pensamentos.

Meu pai entrou, tímido, carregando duas caixas pequenas, uma em cada mão. Usava um terno cor de areia moderno, sem gravata, apenas aberto e informal, como deveria ser. A camiseta embaixo era branca e estava com todos os botões fechados, demonstrando a organização que ele sempre tivera.

Observou-me por uns segundos e soltou um longo "uau".

— Poxa, filho! Você está tão bonito.

Sorri para ele em agradecimento.

Yan disse que eu deveria estar de branco, que Erin me adoraria assim e era padrão em um casamento na praia. Então, optei por uma calça social e camisa com gola V e botões até o meio do peito e depois o tecido fechado e liso. Por cima disso, o terno justo, sem espaço para folga, abraçava cada parte dos meus braços e ombros. Tirando o sapato cinza escuro, eu era uma nuvem. Uma nuvem bem cheia, pois o material apertava todos os meus músculos, mas, bem, era isso.

— Obrigado, pai.

— As meninas tinham me ligado antes de ir vir para cá. Elas me contaram do desejo da Erin de realizar a tradição de casamento.

— Jura?

— Sim e, sabe, sua mãe também fez isso... ela quis a tradição.

Pigarreei e enfiei as mãos no bolso da calça. Zane pediu licença para deixar-nos sozinhos, mas meu pai o impediu, dizendo que, para ele, Zane também era seu filho.

— Ela estava toda empolgada e tão feliz — continuou meu pai. — Ela ficava me passando bilhetes embaixo da porta, dizendo todos os motivos para me amar e todos os motivos que a fizeram dizer sim quando a pedi em casamento. Ela era muito romântica, acho que você pegou essa sensibilidade dela, Carter.

Quando ele falava dela, eu tentava imaginá-la sendo uma boa namorada, noiva e esposa. Tentava me lembrar dos seus traços. Eu era apenas um garoto

7 dias para sempre

quando a perdi, mas o seu perfume... essa era a única coisa que eu jamais me esqueceria. Mamãe hoje era como um sonho distante, ainda que vivesse eternamente no meu coração.

— Quando Kizzie me ligou, dizendo sobre a tradição e tentando me explicar, eu já sabia como era, então, disse que gostaria de participar. Sua amiga perguntou se eu tinha certeza e, meu Deus, eu realmente tinha, Carter. Eu tenho algo para dar a Erin, só estava esperando a hora certa.

— Oh, cara. Isso é tão bonito! — Zane disse, realmente querendo dizer aquelas palavras. Olhei-o, percebendo que, até para ele, aquilo era um pouco emocionante.

— Essa caixa é o meu presente para você. Também vem de sua mãe. — Papai se aproximou ainda mais, entregou a caixa de Erin para Zane e olhou para os meus pulsos, como se algo tivesse a ver com eles. — Estenda as mãos, filho.

Obedeci e ele abriu a caixinha. Era um par de abotoaduras. Elas brilhavam como ouro e pareciam especialmente caras. Meu pai as pegou delicadamente e colocou nas mangas da minha camisa.

— Elas pertenciam ao seu avô. Sua mãe tinha ciúme, só me deixou usá-las no dia do meu casamento. Em uma das nossas conversas, quando você ainda era pequeno, me lembro de ela olhá-lo na cozinha. Você estava brincando de carrinho na cadeirinha de comida e eu estava fazendo o almoço enquanto sua mãe lavava os pratos. Ela soltou essa conversa no meio de um suspiro, dizendo que estava ansiosa para te ver crescer e poder dar as abotoaduras a você. Questionei naquele dia o que a fizera se lembrar disso, mas sua mãe apenas deu de ombros e, secando as lágrimas, alegou que deveria estar de TPM.

Meus olhos ficaram molhados e havia água descendo pelo meu rosto. Meu pai a secou, como se não fosse nada, e deu um suave e carinhoso tapa no meu rosto antes de prender a última abotoadura.

— Estou honrado por estar aqui e muito feliz por sua mãe. Ela estaria orgulhosa de ver o homem que você se tornou e de ver a linda mulher com quem você vai se casar.

Queria agradecê-lo, mas minha voz se perdeu no meio do caminho. Então, eu o abracei. Retribuiu com muito cuidado, afeto e amor. Eu sabia que para ele essa era uma data que ia além da emoção de ver seu filho se casando, pois trazia recordações, visto que também tinha feito a cerimônia com minha

Aline Sant'Ana

mãe em um lugar como esse.

— Não quero tomar o seu tempo, então vou visitar a noiva. Será que falta muito? — Papai olhou para o relógio e ergueu as sobrancelhas. — Apenas duas horas.

Fiquei ainda mais ansioso.

— Eu te amo, pai — consegui dizer, acariciando uma das abotoaduras, desejando que mamãe estivesse aqui.

— Amo você, filho.

Erin

Meu cabelo estava em um coque baixo na lateral da cabeça, tão suave que, propositalmente, alguns fios ruivos caíam em torno do rosto, emoldurando a maquiagem. Roxanne fez com que a coroa de flores fosse maleável e, ao invés de pegar uma pronta e colocar sobre minha cabeça, foi colocando flor por flor, galho por galho, trançando como se fizesse naturalmente parte do meu cabelo. As flores-do-campo eram predominantes e lilases. Porém, ao final do coque, uma pequena e delicada orquídea foi colocada.

Nunca vi algo tão lindo em toda a minha vida.

Na maquiagem, passaram um batom cor de boca e deram uma suavidade prateada nos olhos com tons leves de lilás nos cantos. Os cílios postiços transformaram a íris azul de inocente para determinada e sedutora.

O vestido foi colocado por cima da lingerie azul, como mandava a tradição. Kizzie fechou os botões e Lua, o zíper, enquanto Roxy terminava de ajeitar cada flor, com medo que elas caíssem.

Faltando apenas uma hora agora para o casamento, meu coração estava nas alturas.

— Meninas, posso conversar com a Erin por um minuto?

Kizzie e Roxy deram licença para Lua, que me puxou delicadamente para sentar no divã, como se eu fosse uma boneca de porcelana.

Correu seus olhos por mim, emocionada. Como ela era uma das madrinhas, estava com um vestido suave e leve com toques de lilás. Não tinha programado esse vestido para as meninas, mas era muito semelhante ao que tinha sonhado, tendo em vista que o delas ainda não estava pronto para a cerimônia que seria na catedral.

— Você está perfeita, amor.

— Muito obrigada, linda.

— Bem, eu não quero fazer você ficar muito emocionada, então vou poupar o discurso. Tudo bem?

Respondi com uma risada. Sabia que nenhuma delas queria borrar a maquiagem, mas eu não sei se conseguiria lidar com os presentes da tradição. Tirando o lance azul, agora restavam três e eu não sabia quem me daria ou o que era.

— Vamos lá. — Lua começou a mexer em sua pulseira.

Recebi de Lua, como um dos itens da tradição, algo emprestado. Ela me deixou com a sua pulseira favorita, que tinha ganhado de alguém especial, em uma fase de sua vida extremamente conturbada. Perguntei se ela tinha certeza que me emprestaria por essa noite, já que ela jamais a tirava do pulso.

Aquilo era uma âncora quando os dias não estavam tão bons. Era difícil admitir que a alegria contagiante da minha melhor amiga não a completara mais totalmente. Aquela inocência e impulsividade se tornaram certa cautela. Lua ainda era ela, mas havia algo sombrio, algo que eu torcia para o futuro conseguir curar.

— Lua, é muito generoso, mas...

— Eu não emprestaria a mais ninguém além de você.

O significado daquela pulseira era infinito. Significava força para ela e fé. Ficar sem a pulseira para Lua era como ficar sem um pedaço do seu coração.

Ainda assim, ela colocou-a em torno do meu pulso e os pequenos pingentes se ajustaram. Eu sorri, querendo chorar, escutando um pingente bater no outro enquanto Lua a colocava na melhor posição.

— Se você chorar, eu vou dar um pontapé na sua bunda. Tenho certeza de que isso vai sujar o lindo vestido.

A minha risada dissipou as lágrimas.

Fez questão de não me abraçar e já me puxou para cima, ajeitando os

Aline Sant'Ana

tecidos esvoaçantes do vestido. Conforme eu caminhava, duas fendas se abriam nas minhas pernas. Era tão perfeito que parecia um sonho.

Ouvimos duas batidas na porta e Kizzie enfiou a cabeça pela fresta, pedindo que eu descesse e esperasse na recepção.

Jesus Cristo, estava perto.

Ajeitei o longo vestido e Lua me deu a mão, para que eu me equilibrasse e colocasse as sapatilhas. Soltei um suspiro quando a porta se abriu porque, de repente, três homens lindos estavam me encarando.

Os ternos combinando em tom cru, sem gravata, os cabelos alinhados, as barbas feitas, os sorrisos inconfundíveis. Olharam para mim como se eu fosse a irmã que ia se casar e Zane precisou pigarrear, para disfarçar a emoção, ainda que seus olhos estivessem bem molhados.

Era lindo vê-los, era emocionante tê-los aqui.

Yan, Zane e Shane eram minha família agora.

— Você está... — começou Yan.

— Caralho, Erin... — interrompeu Shane.

— Parece uma Fada. — Foi o comentário de Zane. — Meu Deus, Carter vai ter um infarto.

— A noiva mais linda que já vi — concluiu Shane. Depois, pensou por um momento. — Desculpa, Kizzie.

Kizzie riu.

— Desculpas aceitas, querido.

— Você é linda também, Kizzie. Eu te amo, você sabe disso.

— Eu sei, Shane. — Kizzie gargalhou e passou o braço em torno do dele. — Vamos abrir alas para a noiva passar?

Zane veio ao meu encontro para me dar o braço. Um sentimento súbito de lembrança me tomou. Eu queria que o pai do Carter me levasse ao altar. Não tinha feito o convite a ele com toda essa correria.

— No que está pensando, noivinha?

— O pai do Carter... ele veio, né?

7 dias para sempre

Zane sorriu.

— Sim, ele veio. Carter já falou com ele e ele vai te levar.

— Ah! — Suspirei, aliviada e com o coração repleto de sentimento. — Nossa, que alívio.

Zane se aproximou da minha orelha e cochichou.

— Eu não te deixaria entrar sozinha. Se ele não viesse, eu te levaria.

Parei no lugar, deixando que todos saíssem e abri os lábios em surpresa. Zane riu, como se esperasse aquela reação, e deu-me uma piscadela esperta.

— Falando nisso, está na hora de algo novo — ele disse.

— O quê?

Zane tirou do bolso do terno uma caixinha comprida em tom verde-água. Não precisei ler o nome para saber que era da Tiffany. Liberei o ar que sequer tinha percebido que estava preso ao mesmo tempo em que Zane abria a delicada tampa para mim.

Não era uma joia que tinha sido escolhida, foi mandada fazer. Zane deve ter deixado boa parte do seu dinheiro nisso, porque era uma coisa linda de se pôr os olhos.

A corrente era em ouro branco, combinando com o meu anel de noivado. O número 7, delicado e em grande destaque, tinha ao lado três palavras simbólicas. Dias, anos e vidas. 7 dias, 7 anos e 7 vidas. Eu sabia o significado dos 7 dias, pois foi o tempo em que fiquei com Carter no cruzeiro. 7 anos, o tempo que demorou para a gente se reencontrar. Mas e as 7 vidas?

Olhei para Zane, buscando uma resposta. Ele abriu um sorriso secreto e colocou o indicador sobre o lábio, como se não fosse me contar nada. Pisquei, entre perplexidade e emoção, quando tirou o colar da caixinha e pediu licença para pô-lo em mim.

No final do ato, toquei a peça com a mão. Estava gelada contra o suor das mãos quentes e ansiosas. Zane deixou um beijo casto e singelo no meu ombro e virou-me de frente para ele.

— 7 é o número de vocês, não há como negar isso. Pensei muito quando Kizzie me contou que você queria seguir a tradição e, como seu padrinho, exigi que fosse o responsável por te dar algo novo. Não queria que fosse descartável, queria que você lembrasse para sempre, queria que fosse delicado como você e bonito como o sentimento de vocês. Ah, porra, tô sendo meio meloso, desculpa.

Eu não queria chorar, eu estava me esforçando, mas uma traiçoeira lágrima escorreu no canto do olho esquerdo. Sequei antes que ela fizesse caminho pela bochecha.

— Ah, Zane...

— Você vai entender o significado de 7 vidas naquele altar, eu prometo. Bem, hum, você gostou?

— É um dos presentes mais lindos que já recebi. — Sorrindo para ele, senti Lennox borboletear a minha barriga e pisquei para afastar a vontade imensa de chorar. — Você também é um dos presentes mais lindos que já recebi.

— Ah, eu sei. Sou gostoso e tudo mais. Todas adorariam ter um amigo como eu.

— Para com isso! Por que você sempre estraga o momento com seu ego?

Zane gargalhou.

— Porque quero te fazer rir e não chorar. Eu amo você, noivinha.

— Eu também te amo, apesar do ego.

— Agora eu tenho que te entregar para o pai do noivo. — Continuou sorrindo, sabendo que tinha me impedido de chorar. — Está pronta para vê-lo?

Forrest era como um pai para mim. Quando eu queria desabafar sobre assuntos que nem minhas amigas poderiam entender, eu ligava para ele. O Sr.

7 dias para sempre

McDevitt parava tudo o que estava fazendo para me atender e ria através do telefone, me chamava de filha. Criou comigo um laço muito além de sogro-e-nora, era de uma paternidade inestimável.

Quando o visitávamos, seus abraços duravam uma eternidade, e por mais que a vida não tivesse me dado um homem em quem me apoiar na adolescência ou tivesse me presenteado com uma mãe relapsa, eu havia ganhado o pai do meu noivo, quase marido, que distribuía amor só ao sorrir para mim.

— Meia hora! — Kizzie gritou, alertando.

— Estou pronta.

Carter

Os convidados estavam sentados. Violinos elétricos tocavam, em uma batida entre rock e música clássica. Erin não queria que perdesse a essência de um casamento rockstar, então ela deu esse presente para mim. *Thank you for loving me* tocava em uma melodia suave, deixando as pessoas ansiosas, mas duvido que seus corações batiam mais fortes do que o meu.

Faltava um tempo para Erin entrar. Yan já estava ao meu lado. Em silêncio, com apenas um braço sobre meu ombro, seu apoio era a única coisa que não estava me deixando emocionalmente patético. Eu poderia chorar agora, eu poderia estar aos prantos nesse segundo, porque eu jamais pensei que poderia encontrar um amor tão verdadeiro e honesto. Achar uma mulher que me amasse por eu ser quem eu era, independente da The M's, do dinheiro, da fama que eu tinha. Nunca sonhei que encontraria uma pessoa que pudesse amar a minha alma, antes de se afeiçoar à casca.

Erin era tudo o que eu pedi, sem que eu soubesse disso. Assim como Bon Jovi dizia na canção *"Eu nunca soube que tinha um sonho. Até o sonho ser você"*. Ela era o motivo de eu me levantar todas as manhãs; ela e Lennox. Eles eram tudo o que me motivava a ir adiante. Não houve um segundo em que eu duvidei da escolha que fiz, de ter segurado Erin naquele navio e não a ter deixado escapar. Não houve um momento que quis fazer diferente, apesar de desejar secretamente ter vivido a minha vida com Erin desde sua adolescência.

— Você está cantando, cara? — Yan indagou, sorrindo.

Estava cantando Bon Jovi sem me dar conta.

Aline Sant'Ana

— Essa música é incrível.

— Eu acho que você deveria cantar para Erin, algum dia.

— Com certeza vou fazer isso.

— Está muito nervoso?

Ri.

— Eu estou morrendo de medo. Olha, deixe-me te perguntar, você arrumou o quarto da maneira que te pedi? Para depois do casamento?

Yan me lançou um olhar discreto, mas malicioso.

— Tudo pronto para vocês reviverem esse momento.

— Ah, cara. Vai ser inesquecível.

— Só depende de você.

O tempo passou devagar, como se estivesse se arrastando. Yan bateu papo comigo, mas meia hora nunca demorou tanto a passar. Eu lancei um olhar para trás, observando o mar e a praia. O céu estava azul alaranjado, a noite dando o seu olá. As ondas já caíam com o brilho espetacular da bioluminescência. Tive sorte de Yan e Kizzie terem pensado em tudo porque o fotógrafo não parava de capturar aquelas ondas, os convidados e o meu nervosismo.

Quando pensei que ia morrer de tanta ansiedade, uma música muito conhecida começou a tocar no violino. O som das cordas mudou da canção atual para, depois de uma pausa, dar início ao inconfundível. Meu coração começou a bater forte e, caralho, todas as lágrimas que eu estava guardando desceram até bater no meu terno, uma após a outra.

Erin não estava fazendo isso comigo, porra.

— É Masquerade, não é?

Ele riu suavemente.

— É. Ela vai entrar com Masquerade no violino. Erin quis te emocionar.

— Caralho, ela conseguiu.

As meninas começaram a entrar, jogando flores por todo o chão. Algumas pararam, como Kizzie, que não acreditou no mar em néon às suas costas. Arqueou a sobrancelha, como se me perguntasse o que era aquilo. Eu não podia explicar. Era o universo conspirando a nosso favor.

Por fim, com Kizzie, Lua e Zane ao meu lado, e Shane e Roxy nas pontas extremas, o refrão de Masquerade chegou e, com ele, uma intensidade espetacular.

Ela estava chegando.

E Erin foi a única coisa que consegui ver.

O cabelo estava preso, cheio de flores, deixando-a como uma fada. O vestido branco, esvoaçante e mágico, permitia-me ver suas pernas a cada passo. Desde a sapatilha nos pés pequenos, até a cor linda de sua boca, aos olhos azuis que não titubeavam dos meus, fez-me estremecer.

Senti a mão de Yan me apoiando, como se eu fosse desabar. O pôr do sol deixava tudo alaranjado, mas as pequenas luzes enlaçadas nas flores me faziam ver Erin com clareza. Ela fez todos os pelos do meu corpo se erguerem, o meu coração parar, a respiração falhar e lágrimas descerem. Tive que cobrir meus olhos por um segundo com a mão para me livrar da visão embaçada porque queria vê-la com toda a nitidez que conseguisse reunir.

Meu Deus!

Aquela mulher...

Estava entrando no altar para me dizer sim. Estava vindo até mim, em uma velocidade tão lenta que eu adoraria percorrer o caminho e jogá-la sobre o ombro. Estava, passo a passo, traçando o caminho de nossa eternidade e eu, cara, eu era apenas um homem loucamente apaixonado, sortudo pra caralho, feliz por ter conquistado uma garota que só poderia ter saído dos contos infantis.

Perfeita.

E minha.

Aline Sant'Ana

CAPÍTULO 10

I could stay awake just to hear you breathing
Watch you smile while you are sleeping
While you're far away and dreaming
I could spend my life in this sweet surrender
I could stay lost in this moment forever
Well, every moment spent with you
Is a moment I treasure

— *Aerosmith, "I Don't Wanna Miss A Thing".*

Erin

Um pouco antes de caminhar rumo ao altar, o Sr. McDevitt me levou a um canto isolado. Ele estava emocionado, carregando uma pequena caixa como se aquilo fosse sua vida. De alguma forma, eu soube que ele era o responsável pelo último presente que faltava.

Meu coração apertou em expectativa quando depositou a caixa em minhas mãos. Eu esperei que ele me desse permissão para abrir, porque temia interromper sua ideia.

— Erin, não há dúvidas de que você é uma filha para mim. Eu a amo de todo o coração.

— É recíproco o sentimento, Forrest. Eu nunca tive um pai de verdade. Sou grata por você me permitir ser sua filha, agora também por lei.

O sorriso que me deu foi honesto, daqueles sorrisos nos quais podemos ver a alma. Ele tossiu para acertar a voz e segurou a caixa junto comigo, suas mãos sobre as minhas.

— Mary-Ann, mãe do Carter, sempre quis ter uma filha mulher. Assim que tivemos nosso garoto, ela disse que não deveríamos esperar muito para tentarmos uma menina. O problema é que, claro, ela... — Forrest interrompeu a frase.

Era difícil falar dela, pois algo assim não cicatriza, nem com o tempo.

Deveria existir uma lei que não permitisse que o amor e a perda andassem

Aline Sant'Ana

juntos na mesma frase. É doloroso demais.

— Eu a perdi e, com ela, também a chance de ter uma filha — continuou. — Mas, bem, aí veio você. Uma garota extraordinária, linda por dentro e por fora, com uma alma perfeita e um coração tão bondoso que só poderia pertencer ao meu filho. Eu soube, no momento em que te vi pela primeira vez, que você seria perfeita para ele, porém, apesar de muitas dicas, ele tinha vergonha de falar sobre você, como se fosse o fruto proibido.

Eu sorri e, por mais que quisesse segurar, as lágrimas vieram ao imaginar Forrest e Carter conversando aleatoriamente, em qualquer dia, sobre mim. O Sr. McDevitt se apressou em abrir um sorriso, como se não fosse mais me deixar chorar. Eu as sequei, ainda pensando sobre o passado.

— Abra a caixa, querida — pediu gentilmente.

Abri com delicadeza, tirando a fita de cetim azul e a tampa azul-claro em seguida. Dentro, havia um pequeno lenço branco com um broche em formato de borboleta sobre o tecido macio. O broche ainda brilhava, como se tivesse sido limpo ontem — o que eu não duvidada —, e o lenço, ainda que devesse estar amarelado pelos anos, parecia uma peça comprada recentemente, carregando a vida consigo.

O carinho de Mary-Ann.

— O tecido é seda e o broche é de diamantes verdadeiros. Pertencia à mãe de Carter, ela o usou em torno do buquê no dia do nosso casamento.

— Oh, Deus... isso é...

— Como você precisava de algo velho e eu queria mesmo te dar esse presente, uni o útil ao agradável. Espero que goste, querida. Ela adoraria te dar isso pessoalmente, tenho certeza.

Não esperei nem um segundo para abraçá-lo. Toda vez que o fazia, sentia que um pedaço do meu coração se colava, uma área obscura e intocada se enchia de luz. Talvez a ausência desse amor paternal estivesse sendo curada com os abraços do Sr. McDevitt.

Ficamos um bom tempo assim até eu sentir um leve cutucão de Kizzie, avisando para segurar o buquê e que já estava na hora.

— Vou entrar, Erin. Em seguida, é você.

Sequei o resto das lágrimas. Kizzie me avisou que não tinha borrado a

7 dias para sempre

maquiagem e fiquei feliz ao saber disso. No entanto, antes de dar qualquer passo, amarrei o lenço gentilmente em torno do perfeito buquê lilás e branco. Em seguida, prendi o broche firmemente, direcionando-o ao público.

Quando me virei para ir até Carter, o fôlego escapou.

O mar estava brilhando em néon, da mesma maneira que brilhou no dia em que Carter e eu fizemos amor. As ondas estavam altas, o céu, mais escuro, as pequenas lâmpadas, trançadas nas flores, fazendo todo o caminho perfeito para que eu pudesse andar. Contudo, ao olhar aquele mar, sem poder acreditar no timing perfeito do destino dessa vez, encarei o céu e depois o homem que estava me esperando do outro lado, sem saber o que fazer perante a emoção tão forte que me arrebatou.

Forrest me olhou com orgulho e emoção e limpou a garganta para evitar que eu ficasse parada.

— Você está pronta, querida?

Olhei mais uma vez para o mar e, depois, para Carter, que ainda estava alheio à minha presença, porém ansioso pela minha chegada. Torcia os dedos, ajeitava os ombros, vestido como um verdadeiro príncipe de branco.

Fechei as pálpebras por um segundo.

— Estou pronta.

Carter

Seu sorriso não saía do rosto à medida que seus passos a traziam até mim. Eu não podia contar quantas batidas erradas o meu coração deu, mas graças a Deus por Yan estar mais perto e poder apoiar meu ombro, pois poderia mesmo passar mal e cair duro no chão.

A música continuou o ritmo suave quando Erin ficou perto o suficiente para que eu pudesse ver cada traço do seu rosto. O caminho tinha sido feito e agora ela estava aqui. Os lábios delicados, os olhos azuis, as bochechas coradas e com leves sardas. Eu queria beijá-la, queria amá-la.

Ela parecia tão intocável.

Meu pai a abraçou e disse algo no seu ouvido que a fez sorrir. Colocou

130

uma mecha do cabelo atrás da orelha de Erin, e a minha noiva assentiu, agradecendo.

— Cuida bem dela, filho — falou, antes de me entregar a noiva.

As pequenas mãos se entrelaçaram com as minhas e um arrepio emocionado percorreu toda a minha coluna. O desejo era iminente. Eu queria respeitar todo mundo e a tradição e não beijá-la, mas eu precisei me aproximar por ao menos alguns segundos, devagar como o ponteiro dos minutos faz ao prosseguir, e segurar o rosto da Fada com delicadeza para tocar os lábios durante segundos que duraram uma eternidade em sua testa.

Ela cheirava a flores, meu Deus...

— Perfeição não definiria você nesse momento, Fada — sussurrei.

— E você é o homem mais lindo que já vi.

Sorri discretamente.

A cerimônia começou de uma maneira muito poética. O padre, conhecendo um pouco a nossa história, a partir do que Yan havia brevemente contado — tirando todas as partes pecaminosas, claro —, disse que Deus nos concede um amor para toda a vida, que cabe a nós seguirmos o caminho certo e encontrá-lo. Não foi tão religioso, alegou que passamos por provações todos os dias, que a vida pode não ser fácil, mas, se tivermos um ao outro, as coisas acontecerão naturalmente e a força há de vir.

O discurso me fez pensar em nossa história e na maneira que via Erin nos dias atuais. Se pudesse descrevê-la em uma palavra seria: insubstituível. Nada nesse mundo poderia ocupar o lugar que Erin tomou e meu coração seria incapaz de reproduzir o sentimento que ela me fez experimentar. Nada nessa vida é tão raro quanto amar de corpo e alma e se havia algo que eu podia afirmar com propriedade era que nosso amor tinha a qualidade transcendental.

Meu coração deu um salto quando nossas mãos se tocaram. A aliança estava com Zane, em uma pequena almofada branca. Ele estava esperando o momento de apresentá-las.

Virei-me de frente para a mulher dos meus sonhos, temendo que ela não gostasse do discurso. Entretanto, todo o meu medo de esvaiu ao ver o colar que estava usando. Olhei além de Erin, em suas costas, para seu padrinho, recebendo um sorriso cúmplice de Zane.

7 dias para sempre

Cara, esse presente caberia perfeitamente no que eu tinha a dizer. O maldito com certeza havia lido meu discurso e fez isso para me emocionar e criar ainda mais peso nas palavras que sairiam da minha boca.

Peguei o microfone, ouvindo as batidas nos tímpanos, enquanto me perdia na imensidão azul dos olhos dela.

— A primeira memória que tenho de você é em uma festa. As luzes estavam brilhando, a música tocando e suas mãos estavam trêmulas, segurando um copo de plástico. Lembro-me de ter pensado que existia antipatia à primeira vista porque você me olhou como se não me suportasse ali. Fiquei com aquilo na cabeça e, apesar dos sinais, decidi me aproximar de você, já que fomos obrigados a conviver dali em diante.

"Bem, o que era para ser entre nós, naquela época, não foi. Por motivos óbvios, eu fui cego, não pude te enxergar. Estava cômodo viver daquela maneira, eu não era adepto a mudanças, e não seria o tipo de cara que passaria por cima de qualquer pessoa por vontade própria. Ainda assim, a vida deu seu jeito, me apresentou a você em um cruzeiro, usando uma máscara, com os cabelos cor de fogo, parecendo uma Fada. Era tudo o que eu sempre quis tocar."

As pessoas pigarrearem porque o discurso estava sexy. Eu não dava a mínima para o que pensavam. Eu só queria que a minha garota soubesse tudo o que se passava dentro do meu peito.

— Levou sete anos inteiros para que a vida desse uma volta de trezentos e sessenta graus. Eu precisei aprender muito, evoluir e encontrar o meu valor, assim como acredito que você deva ter passado por muitas coisas para chegar àquele primeiro-segundo encontro. Isso me faz pensar que a vida tem um tempo certo, como um relógio que cronometra cada instante, e faz acontecer o bem em sua devida hora.

"Fada, os sete anos foram arrastados. Eu não fui um homem feliz durante eles. Desde que te conheci até aquele cruzeiro, eu vivia apenas o ordinário. Um vocalista de uma banda, até aí tudo bem, mas eu era... eu me sentia incompleto."

Umedeci a boca para continuar a falar. Os olhos dela estavam brilhantes.

— De repente, a vida me impôs os sete dias. Bem, lá a magia aconteceu. Em uma semana, eu fui capaz de me transformar por completo, de compreender o amor, de temer e adorar o sentimento. Eu fui capaz de me descobrir como homem, como uma pessoa melhor, como um cara que, finalmente, encontrou a peça que faltava. Eu soube ali que, ao te reencontrar, era a vida me dando uma

Aline Sant'Ana

segunda chance, o que eu não poderia desperdiçar. Sete dias foram suficientes para me fazer amar você, mas nem mil dias seriam capazes de aplacar o desejo de construir o mundo que planejo ao seu lado. Por isso, minha linda, eu te pedi em casamento.

As pessoas estavam soltando suspiros e as lágrimas de Erin rolavam constantemente. Ela segurava a minha mão mais forte à medida que se sentia emocionada e eu estiquei a outra para pegar com Zane a aliança, esperando a hora de colocá-la em seu dedo.

— De alguma maneira, o colar que o Zane te deu de presente representa o meu discurso e votos. As sete vidas são o número de oportunidades que teríamos se o cruzeiro não desse certo. Sabe por quê? Se eu vivesse sete vidas, nas sete eu me apaixonaria pela mulher incrível que você é. — Suspirei, vendo-a sorrir. — Eu poderia te encontrar nas ruas de Miami e me encantar por você, eu poderia ter te levado para casa naquela noite da festa, quando Lua nos apresentou, e ter percebido a doçura que você é. Eu poderia ter te ligado depois que tudo terminou com sua amiga, porque, por um tempo, secretamente pensei em você. Eu poderia ter te beijado na cabana, ter estragado uma coisa, para dar início à outra. Deus, eu poderia, eu deveria ter aproveitado cada oportunidade, cada nova chance de vida que o universo me deu, mas eu não fiz, porque tive medo. Ao menos, na chance dos sete dias, eu não te deixei escapar.

Todos soltaram uma risada, acompanhando-me nos votos.

— Como o cara que sabe o valor de te amar, que luta todos os dias para te dar o melhor e ser o melhor para você. Como o homem que se apaixona todos os dias pela mesma pessoa, eu prometo que vou amá-la e respeitá-la sempre. Eu prometo que vou ser fiel a você e cuidar de você como o meu bem mais precioso. Prometo que Lennox terá a melhor vida e será criado em torno do sentimento mais belo. Prometo que eu vou ser, para vocês dois, o começo e o meio, porque eu não vejo fim para a nossa eternidade, Fada. Eu te amo.

Em seguida, delicadamente, deslizei o anel por seu dedo. Coube perfeitamente, junto ao anel de noivado. Erin engoliu em seco, quando, sem que pudesse perceber, agarrava o cordão de número 7 e observava meus olhos.

Eu sorri para ela e entreguei o microfone.

Era a minha vez de pertencer à mulher que amava.

Erin

Todos sabem que casamentos são emocionantes. Quer dizer, quando você observa alguém se casando, inevitavelmente lágrimas descem pelo rosto. Eu sempre fui muito emotiva, mas agora era o meu Carter falando ali na frente, dizendo aquelas palavras para mim, vestido como um príncipe ao som das ondas e o mar em néon batendo.

Por mais forte que eu quisesse ser, eu não conseguia.

— As pessoas dizem que os sentimentos são águas distintas para cada um. Você pode se afogar ou boiar, você pode se divertir ou simplesmente se perder. — Estranhei minha voz no microfone, todavia Carter sorriu de novo, indicando que eu poderia ir adiante. — Não há previsibilidade nem certeza. Não é matemática nem lógica, é magia. Mas o amor... ah, ele não tem erro. Amar é sempre uma coisa boa, nunca ruim. Se transformou, já não é amor. No entanto, o que eu preciso dizer aqui não se trata de qualquer outro sentimento além da pureza e da crença na coisa mais bonita que o ser humano pode se deixar experimentar.

"O ato de amar deve ser sinônimo de muitas coisas para aqueles que o sentem: paixão, envolvimento, doação... não sei qual é o de vocês, mas para mim significa entrega. Amo com tudo de mim e, não sei, todavia, ainda vai além. Amo com o coração jogado a ver navios e a alma dividida ao meio."

Carter piscou e lágrimas desceram por seu rosto bonito.

— Na verdade, desde que te vi pela primeira vez foi assim. Perdi um pedaço de mim para que essa parte encontrasse você. Encontrou, se machucou, mas nunca voltou, porque sempre se manteve em algum lugar com você. Quando você foi embora, um vazio imenso se alojou no meu peito. Achei que era só saudade, porém era outra coisa. Eu tentei cobri-lo com falsas promessas que fiz para mim mesma. Fui patética. Como eu supriria a falta do insubstituível?

Sua mão apertou ainda mais a minha e eu sorri contra o microfone, soltando Carter. Zane estendeu a aliança para que eu pegasse e suspirei.

— Não poderia amar ninguém mais além de você. Não poderia, por mais que tivesse tentado me convencer disso ao longo dos anos. Era você, Carter. Sempre foi e sempre será aquele menino com os fones de ouvido, que fez meu coração adolescente parar. Então, eu quero viver sete dias, sete anos, sete vidas ao seu lado, quero poder desfrutar de tudo o que nós dois merecemos. Prometo que vou dar todo o meu amor, carinho e cuidado. Que vou te cuidar

Aline Sant'Ana

134

na saúde e na doença, na alegria e na tristeza. Prometo que darei todos os passos de nossas vidas com você e, acima de tudo, prometo ser a melhor mãe que Lennox poderia ter. Sempre juntos, meu amor. Eu amo você.

Coloquei a aliança em seu dedo e escutei de pano de fundo a autorização para que Carter pudesse me beijar. Ele se aproximou rápido, porém foi delicado ao segurar meu rosto. Analisou cada traço meu. Os olhos, a boca, o cabelo com as flores, a maquiagem, o queixo, as bochechas e, finalmente, voltou para os meus lábios, umedecendo os seus um segundo antes de suspirar.

Senti os flashes do fotógrafo no instante em que Carter descia as mãos do meu rosto para a cintura. Ele me ergueu acima de sua cabeça e me fez escorregar por seu corpo, até sua boca colar na minha. Beijou-me delicada e demoradamente, sua língua brincando com o céu da boca, os lábios e as mordidas me arrepiando por completo. Quando ele se deu conta de que estávamos passando de algum limite, riu contra meus lábios.

— Oi, esposa — ele sussurrou.

— Oi, marido.

— Quer assinar os papéis agora para que você tenha o meu sobrenome no seu?

— Eu adoraria.

Assinamos os papéis e nos casamos das duas formas; agora era realmente oficial. Os gritos de comemoração, as pétalas de flores jogadas sobre nós, a música tocando ao fundo me fizeram ter certeza de que Carter fez a melhor escolha ao nos casar aqui.

Fui abraçada por pessoas que amava, recebi afeto de quem realmente queria o meu bem, fui levada à festa ao lado da praia, no cubo de vidro, e dancei tanto com meus amigos que precisei tirar as sapatilhas.

Ri de doer a barriga, chorei pelas palavras que escutei ao longo do caminho, de tão emocionais e profundas. Fui beijada, abraçada, querida, de modo que o amor chegou a transbordar. Outra coisa que me fez ficar deliciosamente apaixonada foram os quitutes, além dos beijos de Carter com sabor de chocolate e morango, devido ao nosso sensacional bolo que, de alguma forma, ele tinha conseguido mandar fazer idêntico ao que eu tinha escolhido.

Acariciando seu rosto, no embalo de uma dança que sequer existia, fiz

7 dias para sempre

promessas para Carter que durariam uma vida. Ele me olhou como se nada mais fosse importante e segurou minha barriga, como se Lennox pudesse sentir o seu calor.

Ele sentia, eu sabia.

— Agora está na hora da dança dos noivos! — Zane anunciou, fazendo Carter semicerrar os olhos para mim. Uma luz forte tomou a pista e ele me puxou em direção a ela.

— Eu não escolhi a música para nossa dança. — Me lembrei quando já estava no centro, perdida sobre o que Carter faria. — Você escolheu?

— Para que música, se eu posso cantar para você?

Já no meio do salão improvisado, Carter me rodopiou e, em seguida, pegou o microfone da mão de Zane. Reconheci a música imediatamente. Me lembro de ter assistido esse filme com Lua tantas vezes e chorado mais tantas vezes que parecia surreal ela estar tocando e Carter cantando.

I could stay awake just to hear you breathing

Watch you smile while you are sleeping

While you're far away and dreaming

Sua mão livre foi para a cintura e a outra trazia o microfone perto dos lábios. Ele me embalou em um ritmo perfeito, de lá para cá, como se pudesse me fazer caminhar sobre as nuvens. Não ousei fechar os olhos, ainda que meu coração quisesse, para que pudesse sentir cada segundo disso, mas eu precisava ver o rosto de Carter, a voz rouca e inconfundível cantando Aerosmith para mim.

I could spend my life in this sweet surrender

I could stay lost in this moment forever

Well, every moment spent with you

Is a moment I treasure

Aline Sant'Ana

Carter elevou a voz, acompanhando o som. Eu sorri quando fui girada várias vezes e depois voltei para seus braços fortes, presos naquele terno branco super sexy. Envolvi as mãos em torno do seu pescoço e o meu marido deixou o microfone entre nós, cantando, com nossos lábios quase colados, quando veio o refrão.

Don't wanna close my eyes

I don't wanna fall asleep

'Cause I'd miss you, babe

And I don't wanna miss a thing

'Cause even when I dream of you

The sweetest dream will never do

I'd still miss you, babe

And I don't wanna miss a thing

Mais três vozes entraram juntas. Shane, Yan e Zane cantaram como segunda, terceira e quarta voz, acompanhando a linda declaração de amor que Carter estava me fazendo naquele segundo. Esse dia havia sido especial demais para mim. Eu talvez não tivesse mais lágrimas para derrubar, mas ouvir todos eles cantando fazia eu me sentir a mulher mais especial do mundo.

Era assim que ele queria que eu me sentisse.

Por fim, Carter parou de cantar e os meninos continuaram. Balançou comigo ao som da música, com voltas tão lindas que meu vestido esvoaçava. Beijou-me, acariciou meu rosto, disse que me amava.

E tudo pareceu o paraíso.

Porque eu verdadeiramente estava lá.

— Você tem planos para essa noite, Sra. McDevitt? — cochichou no meu ouvido, com a canção ainda ao fundo.

Fiquei na ponta dos pés e alcancei seu ouvido com a boca.

— Não tenho. Você tem?

— Eu quero te levar a um lugar muito em breve. Será que você, mesmo

7 dias para sempre

sendo uma senhora casada, poderia me acompanhar?

— Acho que o meu marido vai ficar com ciúmes.

— E se eu despistá-lo?

— Mesmo assim, não acha muito arriscado?

Os olhos verdes possuíam um brilho travesso. O sorriso branco estava atrevido e um calafrio percorreu a minha espinha quando, em seguida, Carter voltou-se para o meu lóbulo, contando-me um segredo.

— Tem medo de arriscar comigo, Fada?

Fechei os olhos.

— Não. — Já tínhamos saído da brincadeira.

— Então, o que você acha de ir comigo para a festa Sensações?

Por um segundo, achei que tivesse interpretado mal o seu convite. Festa Sensações me lembrava o cruzeiro Heart on Fire.

— Sensações?

Raspando seus lábios no meu, em um sopro de voz, ele murmurou:

— Seja bem-vinda à sua lua de mel, princesa.

Aline Sant'Ana

7 dias para sempre

CAPÍTULO 11

Call it magic
Call it true
I call it magic
When I'm with you
And I just got broken
Broken into two
Still I call it magic
When I'm next to you

— *Coldplay, "Magic".*

CARTER

A aliança em meu dedo me dava a certeza de que agora eu era o homem dela, algo que eu mal podia esperar para acontecer e, cara, agora isso tudo era real. Não tive remorso, nem por um segundo, quando a tirei sorrateiramente da festa.

— Você pode me dizer para onde está me levando?

Estava feliz por ter a chance de reviver meus momentos com a Erin daquele cruzeiro. De uma maneira diferente, é claro. Ela mal podia sonhar com o que a aguardava. A única coisa que podia adiantar é que seria inesquecível.

— Eu posso dizer que estou te levando para um quarto especial.

Erin ergueu a sobrancelha, como se ainda não tivesse ideia do que eu pretendia fazer com o tema da festa Sensações e o começo da nossa lua de mel. Entrelacei nossas mãos e comecei a andar sobre a areia, apressando os passos como se fosse um adolescente em fuga. A estrada firme que nos levava ao resort estava deserta naquela hora, e Erin riu pela minha pressa, quando apertei a corrida. Por fim, chegamos às grandes portas do refúgio. Devido à ansiedade de surpreendê-la, assim que coloquei meus pés na recepção, mal me dei conta de que os funcionários estavam nos parabenizando, ainda que Erin estivesse respondendo por mim da forma doce que só ela conseguia.

Essa aflição louca só poderia ser a vontade imensa de concluir o que nem tínhamos começado.

Aline Sant'Ana

Entramos no elevador e eu soltei nossas mãos para, lentamente, acariciar sua cintura. *Finalmente*, pensei comigo mesmo. Erin abriu aqueles luminosos olhos azuis, deixando que eu chegasse bem perto do seu corpo. Estava tão linda. Eu a vi como uma criatura de outro mundo com aquela coroa de flores e vestido branco esvoaçante, só que mal podia esperar a hora de tirar peça por peça e comemorar o fato de agora sermos um só.

— Seu olhar está me arrepiando — acusou. Meus dedos pairaram sobre as costas nuas e as rendas delicadas do vestido. Com a ponta dos dedos, acariciei a pele, ouvindo o suspiro impaciente da minha esposa. — Eu adoro como você pode fazer isso só me admirando.

— Muito provavelmente você é capaz de ver através de mim. Pode saber o quanto eu te quero, não é?

— Sim — respondeu ofegante.

— Ah, amor, mas hoje vamos com toda a calma do mundo. Você tem tantos botões nesse vestido...

Erin fechou os olhos e eu levei a ponta da língua até seu queixo, para depois cobri-lo com os lábios. Caminhei em direção à linha do rosto perfeito, até viajar com beijos rumo à orelha. Tomei-a com cuidado, beijei de modo que se contorcesse por mim. Erin me agarrou como se precisasse do meu toque para respirar, de uma maneira que seu desejo se revolveu entre nossas bocas, e quando se remexeu em mim...

Ah, a maneira que ela me provocou...

O elevador apitou e eu cheguei ao andar que queria.

— Prepare-se para ter uma amostra do que vai ser a nossa lua de mel e o resto de nossas vidas, Fada — prometi ofegando.

Os olhos dela brilharam em expectativa e isso era tudo o que eu queria ver. Erin me amando, me desejando, me possuindo como se o mundo fosse acabar amanhã. Quando, na verdade, tínhamos a eternidade.

Erin

Seria muito terrível se eu arrancasse suas roupas no corredor? Aquela íris verde enigmática, os lábios cheios, os traços sedutores e o sorriso sacana direcionado a mim eram o bastante para jogar qualquer autocontrole para o alto. Ele era o meu marido agora. Por lei, eu poderia fazer o que quisesse com ele.

Não que eu já não tivesse feito...

— Vem — pediu, me puxando para o seu colo. Ri por ele estar se preocupando em me levar de modo tradicional e beijei sua bochecha. Quando desviei o olhar, ainda em seu colo, vi que embaixo do número 806 estava uma pequena placa escrito:

RESERVADO PARA OS NOIVOS

— Isso é interessante. O que tem aí dentro?

Carter sorriu e tirou o cartão de acesso do bolso da calça social.

Meu queixo caiu quando a porta se abriu.

Não sei como ele fez isso, mas o quarto era idêntico ao que estivemos no Heart on Fire, na festa Sensações. As únicas coisas diferentes eram a imensa varanda com janelas amplas que nos levavam à praia e o fenômeno da bioluminescência.

As cores vibrantes na parede, a decoração de espelhos, até uma música baixinha tocava, como se estivesse distante, exatamente como naquele dia, naquela festa. O quarto estava à meia-luz, salvo por um pequeno abajur que estava ligado do lado esquerdo da cama. Eu observei e fiquei um bom tempo analisando tudo, até dar de cara com seis envelopes brancos sobre a cama bem arrumada.

Carter não deu tempo de eu processar. Ele me queria imersa em um desejo insano, da exata maneira que fez comigo no passado. Carter tinha sorte, ele não precisava de muito para me enlouquecer. Sua boca, um beijo, na verdade, já era o bastante para me transformar em pó.

Colocou-me sobre meus pés e me puxou para o meio do quarto, batendo a porta, que nem percebi que ainda estava aberta. Com um movimento, se embebedou da minha boca, sentindo sede de mim. O beijo começou com uma alternância de lábios, de cima para baixo, para depois pequenas mordidas

Aline Sant'Ana

sexy e puxões suaves tirarem o sossego.

Arrepios vieram em ondas quando Carter sugou meu lábio inferior com entusiasmo e, posteriormente, percebendo que já tinha me torturado o bastante, experimentou minha língua na sua.

A maneira que nossas bocas se completavam e os golpes de prazer que incendiavam o meu corpo a cada vez que sua língua girava na minha me fizeram me contorcer. Labaredas de fogo lamberam minha pele, emitindo ondas elétricas de prazer para o meio das pernas, que pulsou forte, piscou com força, querendo atrito, querendo-o dentro de mim.

Envolvi minhas mãos em seus cabelos e tomei posse do beijo, guiando seu rosto para onde eu desejava. Levei Carter até o meu pescoço. Ele não me decepcionou quando deixou um longo e profundo chupão, seguido de lambidas suaves e beijos intermináveis. Fiz com que viajasse até a minha orelha, ainda puxando seu cabelo para que seguisse o meu caminho e nisso, suas grandes mãos foram direto para a minha bunda, apertando-a com tanta força que arqueei de prazer.

Carter sorriu contra o lóbulo, provocando com a ponta da língua quente. Um segundo depois, o local ficou frio, mas o meu marido ofegou na pele, aquecendo aquilo que ele congelara.

— Aquecida, amor?

Pensei que estivesse perguntando devido à respiração quente que jogara em mim, mas sua mão saiu da minha bunda e foi para a frente do vestido. Carter procurou uma das fendas do tecido solto e puxou-a para cima, de modo que sua mão encontrasse o meio das coxas.

— Ah, Carter...

— Pegando fogo, linda.

Seus dedos torturaram, de modo que brincassem com o meio das minhas pernas e, depois, com um raspar tão suave que tive vontade de matá-lo, passou a ponta do indicador no meu sexo quente, já úmido através da calcinha.

Com o passar dos anos, Carter adquiriu um controle. Ele não perdia a cabeça fácil. Fica excitado em questão de segundos, mas durava uma eternidade se quisesse. Eu já sabia que essa noite se resumiria em sofrer em suas mãos, porque ele estaria brincando comigo com os seis cartões e eu já tinha experimentado o quanto pode ser deliciosamente sofrido brincar com

7 dias para sempre

esse homem.

Arrastou a calcinha com um leve puxão para o lado. Minha boca se perdeu no beijo que ele voltou a me dar, porque eu não conseguia arfar e beijar aquele homem, sentindo tudo em mim derreter. Seu polegar encontrou o meu ponto mais sensível e, quando pensei que ele ia fazer um círculo, permitindo que eu gozasse primeiro, Carter apenas raspou a pele ali.

A aspereza contra a maciez me fez ficar tonta.

— Molhada, quente, excitada. Você está pronta para brincar comigo, linda.

Afastou-se de mim, deixando o meu vestido de noiva torto, a calcinha arrastada para o lado, a respiração irregular e a pele toda ardendo por ele.

Eu deveria me sentir feliz porque também ia brincar com Carter, também ia provocá-lo, mas, àquela altura, nem tínhamos começado a brincar e eu já queria que ele entrasse em mim.

— Carter...

Segurou um cartão no qual estava escrito *Ela* e estendeu para mim.

— Seja bem-vinda a bordo do cruzeiro *Heart on Fire*. — Sorriu maliciosamente.

Com cuidado, ouvindo a respiração alta demais para que pudesse controlá-la, puxei o envelope e tirei o papel que estava dentro.

Vá até o frigobar e tire o que quiser de lá.
Use e abuse do que puder no seu parceiro, sem moderação.

Bom, até que não seria tão ruim esperar. Só para ter o prazer de tentar fazê-lo perder a cabeça.

CARTER

Estávamos de roupa ainda. Eu era um cara paciente, ainda que não visse a hora de bagunçar ainda mais aquela mulher. Vi Erin abrir o envelope, respirando com dificuldade, e puxar para ler.

Eu pedi para Yan me ajudar a fazer as opções. Mas, como achamos que seria muito estranho, acabamos encontrando um site na internet que tinha dicas de como surpreender sexualmente e essas porras. Nós fizemos cerca de cinquenta envelopes e depois sorteamos, para ser imparcial e surpreendente. Kizzie mandou fazer os cartões; ela era a única que sabia o que verdadeiramente tinha lá dentro.

— Eu quero que você tire esse terno para mim, bem lentamente — pediu, colocando a ponta do cartão entre os lábios. Erin me surpreendeu com sua ousadia. Ela entrou na brincadeira. — Mas isso não é tudo. Eu só preciso de você sem roupa.

Eu seria louco de não obedecê-la?

Sorrindo, levei as mãos à frente do corpo e, esticando os pulsos, tirei a primeira abotoadura. Bem devagar, a coloquei sobre a mesa do quarto, em seguida, tirei a outra peça, para me livrar do aperto. Com um movimento, dei de ombros e, em um puxão, o terno caiu em um baque surdo no chão acarpetado.

Erin umedeceu a boca com a ponta da língua, me apreciando.

Só com a camisa, que não era muito social — apenas uma peça de tecido leve, de mangas compridas e gola V —, desfiz os três únicos botões que não estavam abertos e a puxei sobre a cabeça. Nu da cintura para cima, comecei a brincar com a abertura do cinto cinza.

— Você não quer me ajudar?

— Eu quero que você continue se despindo.

— É sua vez, você tem razão, Fada.

Ela sorriu.

Desfiz-me da fivela e serpenteei pelo quarto até me ver livre. Brinquei com o botão da calça branca e puxei o zíper. Erin me encarava como se nunca tivesse me visto nu. A fome em seus olhos só poderia ser saciada quando eu a estivesse fodendo tão gostoso que sua cabeça ia girar.

— Quer ver o que tem embaixo disso?

Assentiu, ansiosa.

7 dias para sempre

— Ainda não.

Chutei o sapato social pelos cantos e tirei as meias. Dolorosamente de pau duro, enganchei as mãos na calça e finalmente a desci pelos quadris. Erin olhou a boxer branca. A cabeça do meu pau, protestando por estar presa, dava leves golpes de excitação no tecido. Erin não aguentou. Ela veio para cima de mim, colocou as mãos no meu peito e começou a me arranhar até chegar ao elástico. Eu estremeci, enfiando na merda da cabeça que eu tinha que me controlar para essa noite ser espetacular, mas aquelas unhas eram de uma covardia sem tamanho.

— Deixa que eu tiro pra você.

Ela voltou a me arranhar, mas, dessa vez, passou a língua onde as marcas vermelhas nasciam. Meu estômago ondulou, os seis quadrados da academia ficando mais duros à medida que ela descia com aquela boca divina em direção ao calor. Eu fechei os olhos no instante em que ela puxou a minha cueca. Erin desceu tão lento por meu corpo que, quando meu pau se viu livre, ele bateu na sua boca.

Abri as pálpebras, me dando conta de que ela estava ajoelhada.

Por favor, coloque-o na sua linda boca, pensei, fissurado.

— Vamos ver o que temos aqui.

Ela se levantou.

Ainda com o vestido de noiva, Erin caminhou pelo quarto até achar o frigobar. Eu não sabia o que tinha lá dentro, mas Yan me garantiu que havia várias coisas para brincar, se fosse necessário. Erin empinou a linda bunda para mim. Mesmo de roupa, meu pau pulsou, se perguntando por que não estávamos transando nesse instante.

— Nossa, eu adoro isso aqui — ela disse, trazendo um spray consigo.

Ah, caralho!

Era aquele chantili de chocolate que tem um sabor maravilhoso. Eu adorava colocar aquilo sobre o café de manhã, mas amaria ver Erin se lambuzando de chocolate sobre meu corpo.

— Você gosta, é? — Minha voz saiu tão rouca que parecia um urro animal.

— Ah, ainda mais isso sobre você...

Aline Sant'Ana

Erin me fez deitar na cama, completamente nu. Ela colocou o spray ao lado do meu corpo e subiu na cama. Literalmente, de pé sobre mim. Com os pés no colchão, amarrou uma parte do vestido na cintura, fazendo um grande nó, de modo que ficasse com as pernas livres. Sentou em minhas coxas e ergueu a sobrancelha quando encarou meu corpo. Pegou o chantili e apertou o dedo para espalhá-lo. Em meu corpo, ela começou a escrever algumas palavras que não pude ler. Fechei os olhos ao sentir o gelado contra a pele quente; era deliciosamente contraditório e eu não queria que ela parasse. Percorreu o tórax e chegou à barriga, terminando bem perto da ereção incontida.

— Veja o que eu escrevi — pediu, sorrindo.

Inclinei-me, encostando na cabeceira da cama. Mesmo de ponta-cabeça, consegui ler o que estava escrito.

Eu  Você

Sorri e não tive tempo de responder porque ela começou automaticamente a beijar meu corpo e a lamber todo o chantili com a ponta da língua. A visão era tremenda e erótica, e eu me contorci embaixo dela, vendo que seus olhos não saíam dos meus. Erin queria que eu assistisse quando eu perdesse a cabeça, mas esse era o primeiro cartão e eu precisava ser forte.

— Seu gosto já é maravilhoso, mas com chantili...

Erin segurou a ereção e passou a porra do negócio de chocolate por todo o meu pau. Afastou-se das minhas coxas e foi para o fim da cama, com os cabelos ainda presos naquela coroa de flores, parecendo um anjo, e eu não podia acreditar que ela ia...

Mas ela foi.

Colocou a boca e aqueceu o gelado. Fez o creme derreter e escorrer por mim, me fez apertar os lençóis quando a ponta da língua brincou com a cabecinha e eu tremi por inteiro quando, sem aviso, desceu a boca até as bolas, sugando e depois vindo para o pau, tomando-o em sua linda e carnuda boca.

— Ah, Erin...

Eu não conseguia ficar de olhos abertos pelo imenso prazer, mas não queria perder essa cena. Então, me forcei a continuar a olhando, admirando Erin chupá-lo como se fosse sua sobremesa favorita, bebendo cada parte do chantili e o limpando como uma gatinha em seu pires de leite. Tesão me engoliu como uma tsunami, apertando as bolas e lançando pequenos espasmos na boca da minha esposa. Quando ela percebeu que eu estava prestes a gozar, aumentou ainda mais a força da sucção, brincando também com a mão, para cima e para baixo.

— Amor... — Foi um pedido implorado para que ela não me fizesse chegar lá ainda.

Afastou-se. O rosto estava sujo de chantili, a boca, vermelha e inchada, a respiração, mais ofegante do que nunca. E sorriu. Fez como se não tivesse quase acabado comigo, como se meu pau não estivesse todo molhado do carinho que recebeu, como se não estivesse tentando, sozinho, chegar ao orgasmo.

— Acho que agora é a sua vez.

Levantei da cama desnorteado, tonto de prazer. Meu pau estava em posição de sentido, como se não acreditasse que não tinha gozado. Ele queria mais, eu queria mais, estávamos insaciáveis.

Puxei um envelope qualquer, que estava destinado a mim.

Faça com ela uma posição sexual que vocês nunca fizeram antes, mas que não exija penetração.

Ah, esse negócio estava esquentando pra caralho, não é mesmo?

Erin

Quatro anos com Carter e ele ainda achava que eu não era capaz de fazer as coisas mais perversas. Isso era pouco perto de tudo o que aprontamos durante nossa vida, inclusive a concepção do Lennox, mas eu sempre via surpresa em seus olhos verdes, como se não pudesse acreditar que tinha uma mulher que não possuía qualquer pudor entre quatro paredes.

Com um homem como Carter McDevitt, que mulher não se empenharia em surpreender?

Aline Sant'Ana

148

Ele arqueou a sobrancelha para o cartão, como se tivesse adorado o que estava escrito ali. Encarou-me com toda aquela altura e nudez e sorriu.

— Vamos tirar esse vestido, esposa?

Os botões foram os primeiros a irem embora, depois o zíper. A lingerie azul apareceu, e Carter abriu os olhos, namorando-a. Era de um azul-claro, lindo e delicado, mas transparente. Admirou-me como se pudesse me devorar em segundos, mas a pressa em seus olhos era contraditória à calmaria do seu toque.

Abriu o fecho do sutiã e deixou meus seios livres e expostos. Com carinho, circulou os bicos inchados com o polegar e me fez virar os olhos por trás das pálpebras. Aquilo servia para aplacar o desejo, mas só me acendia mais. Era como se eu fosse uma dose de tequila e ele estivesse com um isqueiro do lado, colocando tão perto que, eu sabia, uma hora íamos pegar fogo.

Inclinou-se para beijar meus seios e gemi alto seu nome quando sugou um deles com mais vontade. Agarrei a nuca, percebendo que sua boca trabalhava enquanto suas mãos desciam a calcinha até os joelhos. Ajudei-o a tirar com os pés e ficamos nus, desejando tanto que aquilo durasse uma eternidade como o desejo que acabasse para explodirmos de prazer.

— Eu quero que você faça uma coisa para mim, princesa.

— O quê? — Ofeguei.

— Preciso que coloque suas mãos no chão, como se fosse dar uma estrela. Acha que consegue?

O pedido era inusitado e bem diferente. Então, não escondi a surpresa e Carter riu bastante da minha expressão.

— Você quer que eu dê uma estrela, nua, nesse quarto?

— Eu quero que você chegue apenas na metade do caminho dela, para que eu possa te pegar e fazer o que eu tenho que fazer.

— Faz muitos anos que não faço isso. É bem acrobático. O que tinha no cartão?

Os olhos brilharam em malícia.

— Faça com ela uma posição sexual que vocês nunca fizeram antes, mas que não exija penetração.

7 dias para sempre

— Isso é sério?

— Muito sério.

— E o que nós vamos fazer?

— Um 69 em pé. É a única coisa que não fizemos ainda — garantiu, com a sobrancelha erguida de orgulho.

— E como isso funciona?

— Você fica de ponta-cabeça, eu te seguro, nos beijamos e nos damos prazer. Não parece bom?

Nossa, parecia sensacional e arriscado. Mas eu queria fazer. Senti-me tentadoramente desafiada.

— Hum, eu topo!

Então, me virei de frente para Carter, dei a semiestrela e ele me pegou no ato. Ergueu-me como se eu não pesasse nada e eu ri quando coloquei os joelhos apoiados em seu ombro. Carter sorriu contra minha coxa e se apoiou na parede. Apesar de ser algo divertido no começo, ao passar as mãos em torno da sua cintura e sentir seu sexo bater quente na minha boca, perdi o foco. Carter começou a beijar lenta e demoradamente a abertura das minhas coxas e, ah, Deus, quando ele chegou lá, tudo estremeceu.

— Me chupa devagar, linda. Isso vai ser ainda mais gostoso para você do que para mim. Eu não me importo se ficar relaxada e eu tiver que te segurar, para o seu prazer. Tudo bem? Só relaxa e me deixa te dar prazer de uma forma nova e diferente. Confia em mim?

Murmurei um sim trôpego.

Porque, caramba...

Ah, meu Deus!

— Carter!

Ele enfiou a língua toda em mim, penetrando-me como se fosse outra coisa no lugar. Coloquei-o na minha boca, chupando e sugando até que ele ficasse mais e mais duro em torno dos lábios.

Carter soltou um urro de prazer que me vibrou por dentro e eu, consecutivamente, gemi tão forte em torno do seu membro que foi impossível ele não sentir.

Aline Sant'Ana

150

A única coisa em que eu conseguia pensar era em sua língua entrando e saindo, seu sexo entrando e saindo, passando pela minha língua, com um gosto doce, decorrente do chantili de chocolate. Na verdade, estava pouco me importando se ficaria tonta dali a uns minutos. Eu só queria mais daquilo. Não tinha passado por uma experiência tão diferente quanto essa na vida e Carter, bombeando-me e gemendo em torno de mim, agarrando-me com força, era tudo o que eu podia desejar.

Sugou a pele e tremeu a ponta da língua bem no clitóris, fazendo todas as terminações nervosas se perderem no atrito. Eu parecia um fio desencapado, prestes a explodir, ou uma bomba atômica, pronta para acabar com metade da cidade. Lavas dançavam no lugar do meu sangue, fogo corria nas veias, quando enfiei as unhas na sua bunda, colocando Carter em todo o seu tamanho na minha garganta.

Ele era grande, mas eu estava com tanto tesão por Carter que me perdi na luxúria. Além disso, ele intensificou tanto a língua, apressando-a em uma velocidade tão rápida, intensa e deliciosa, que senti um grande nó se forçar no contato e eu me contorci toda, pela onda vasta do orgasmo que me trouxe.

Carter continuou me segurando, minhas coxas pressionando tão forte seu rosto que eu devo tê-lo machucado, mas não podia parar. A onda era infinita. Lembro de ter gemido alto, lembro de Carter ter urrado e, em seguida, me tirar da posição e me deitar na cama.

Ter um orgasmo de ponta-cabeça. Uma coisa que eu precisava adicionar à lista de novidades que Carter fizera por mim.

— Acha que aguenta mais atividades, esposa?

Suspirei.

A noite ia ser deliciosamente longa.

7 dias para sempre

CAPÍTULO 12

Smells like roses to me
Two young lovers at sea
Tastes so bitter and so sweet
You're my bang, together we go bang bang bang
Bang bang bang
Bang bang bang
Oh oh, oh oh

— *James Arthur feat Emeli Sandé, "Roses".*

CARTER

Erin abriu o próximo cartão e eu escondi dois de sua vista, porque eles tinham algo especial que eu não podia deixar que ela visse. Tonta depois do orgasmo, não se deu conta do meu ato, achando que ainda restavam dois cartões para cada um, sendo que só sobraram dois envelopes.

— Você é a próxima. — Entreguei para ela, depois de ter se recuperado.

Os olhos azuis brilhantes me deram um sorriso antes que os lábios o fizessem. Nua, jogada na cama, com os cabelos bagunçados e as flores espalhadas no lençol, Erin abriu o cartão e leu. Ao invés de me surpreender dessa vez, ela leu em voz alta.

— Finja que você é outra pessoa e seduza o seu parceiro como se ele não soubesse quem você é. Interpretem papéis e esqueçam suas identidades.

Olhei para Erin e dei uma risada. O que ela aprontaria comigo? Essa ideia era interessante.

— Eu quero ser sua fã por um dia — ela disse. — Quero fingir que entrei nesse quarto por engano e quero que você me trate como se estivesse solteiro e eu fosse sua fã. Sempre tive curiosidade. Vamos brincar disso, Carter.

— Mas deveríamos fazer papéis novos — esclareci. — Eu não deveria ser o Carter.

— Ah, não. Eu quero ser uma fã tendo a chance de transar com o ídolo.

Aline Sant'Ana

— Vamos transar? — indaguei, curioso com seu plano.

— Bem, abra o seu cartão e veja se podemos unir as duas atividades. — Sorriu perversamente.

Erin estava determinada a fingir ser outra pessoa e eu ri do seu entusiasmo. Balançando a cabeça, abri o outro envelope e me deparei com a seguinte atividade:

Faça sexo em todos os lugares diferentes que encontrar pelo quarto. Se divirta!

— É, linda, acho que a gente pode unir as duas atividades.

Erin se levantou demoradamente. Ela pegou a minha camisa do casamento e a vestiu, para não ficar nua. Jogou a minha cueca, para que eu me vestisse. Minha esposa estava mesmo levando a sério.

Soltou o resto das flores que estavam presas no cabelo e desprendeu os grampos. Os cabelos ruivos caíram em torno do rosto e ela parecia tão sedutora que meu pau, depois de ter relaxado pelo vai e vem de prazer inestimável sem conclusão de orgasmo, voltou à vida.

Minhas bolas estavam doendo, mas não é que valia a pena?

Fiquei sentado na cama, observando Erin ir até a porta. Ela se virou para mim e abriu um sorriso novo, algo parecido com adoração. Levou as mãos até a boca e murmurou meu nome, como se estivesse absurdamente surpresa ao me ver. Elevei a sobrancelha, com vontade de rir da atuação dela.

Era boa.

— Oh, meu Deus!

— Oi — eu disse, me sentindo estranho por essa novidade.

— Ai, Carter McDevitt! — Ela soltou um suspiro e apertou as mãos na barra da minha camisa, que batia em suas coxas. Depois, não se conteve e veio em minha direção, me abraçando. Me apertou e beijou minha bochecha, ousou e beijou o canto da minha boca, exatamente como as fãs faziam quando tinham oportunidade. Eu deixei que ela me tocasse, passando a mão por meu corpo. Enfim, quando surtou bastante, ela se afastou e começou a chorar. — Meu Deus, desculpa! Eu te amo tanto!

Caralho, ela devia ser atriz.

7 dias para sempre

— Muito obrigado. — Sorri de lado, pois era o que eu dizia para elas. — Eu também amo todas vocês.

Erin colocou uma mecha ruiva atrás da orelha e observou meu corpo, parando na cueca branca. Lambeu os lábios e mordeu a pontinha da boca com os dentes.

— Eu... sou uma fã do seu trabalho. Sou filha do dono do hotel. Eu só queria te ver um pouco. Por isso entrei! Ai, eu não acredito que você está aqui. — Ela tocou meu peito e se aproximou ainda mais. — Nossa, você é tão perfeito quanto na TV.

Se ela fosse minha fã e eu estivesse solteiro, observando aquele rosto de boneca e o corpo de uma deusa, eu não a deixaria ir embora tão fácil. Como no começo, quando ainda não tinha embarcado no cruzeiro Heart on Fire, era tão comum conseguir dormir com uma fã que muitos não acreditariam que bastava um estalar de dedos para que tirassem a roupa.

Eu já brinquei muito de seduzir meninas de vinte, em uma época em que preferia transar com elas para me aliviar depois do que houve com Maisel, ainda que não fizesse com a mesma frequência que Zane e Yan, que era praticamente todos os dias.

Não me orgulho disso.

Mas, hoje, Erin estava trazendo o Carter solteiro, o homem que a seduziu no baile de máscaras, que a fez fugir depois de um beijo. Hoje, ela me queria como na primeira vez. A chance de eu realizar a vontade de tê-la em minha cama no primeiro encontro, de não permitir que ela fugisse correndo naquela proa, como se não suportasse o calor que nossas almas fizeram ao se encontrar, ia se concretizar.

— Você gostou do que viu? — indaguei, encarando profundamente seus olhos.

Erin resfolegou.

— Você é perfeito. Você é o homem mais perfeito que eu já vi.

Toquei seu rosto. Ela suspirou e fechou os olhos como se fosse a primeira vez que eu a estivesse tocando.

— Eu tenho uma proposta para te fazer hoje — eu falei.

Ela arregalou os olhos.

Aline Sant'Ana

— Ah, acho que vou passar mal.

— Não, você não vai. — Sorri, inclinando-me em sua boca. — Em uma escala de um a cem, o quanto você é minha fã?

— Um milhão! — respondeu afobada.

Eu ri.

— Você acha que seria especial se pudesse me beijar? — sussurrei.

Como se realmente fosse uma fã, abriu o olhar, ainda com as lágrimas nos cantos dos olhos de emoção. Segurou meu rosto e soltou o ar dos pulmões. Olhou-me como se eu fosse tudo para ela, uma utopia, e fechou os olhos.

— Seria um sonho.

Erin

Brincar com Carter foi especial, mas, no instante em que sua boca grudou na minha, eu acabei saindo do papel. De fã maluca, fui para a esposa que não aguentava mais ficar sem ele. Não sabia se havia uma diferença grande entre nós, porque as duas estavam ansiosas para arrancar um pedaço de Carter.

Saber que aquele era o começo da lua de mel me fez pensar que todas as coisas que enfrentei para chegar até aqui valeram a pena. Até o estresse do casamento que não fazia sentido algum valeu a pena, porque, se eu tivesse planejado algo na praia, não seria especial e inesquecível como Carter fizera.

Há males que vêm para bem, não é o que dizem?

Graças a Deus, então, por ter um homem criativo, que, além de pensar no dia da cerimônia, arquitetou a noite de núpcias de uma maneira tão genial que o dia amanheceria e eu ainda o estaria beijando, amando, desejando, nunca tendo o bastante.

— Carter — sussurrei contra seus lábios.

Ele tirou a camisa que eu vestia e eu abaixei a sua cueca. Eu não sabia o que tinha em seu cartão, mas ele me pegou no colo e me levou para cima da mesa, narrando que sexo papai-e-mamãe não estaria acontecendo. Abri as pernas, tão pronta para ele depois de todas essas preliminares que não estranhei quando encarou meus olhos, segurou a minha nuca e enfiou profundamente o seu pau rígido dentro de mim.

Arfei forte.

Gemi duro.

Eu queria mais.

Carter embalou um ritmo. Ele beijou minha boca e girou sua língua enquanto seu quadril girava dentro de mim, alongando-me para ele, preparando-me para sua grossura e tamanho. Eu deixei que ele brincasse da maneira que queria, porque, quando Carter se empenhava, nada nesse mundo o parava.

Sentada na beirada da mesa, enfiei os pés na sua bunda e Carter fez todo o trabalho, embalando o sexo molhado em um ritmo alucinante. Agarrei seus ombros, tonta de prazer, e procurei sua boca num sussurro baixo ao pé do ouvido, recebendo em troca um beijo que me impedia de respirar, enquanto o formigamento no clitóris indicava o tamanho do tesão e do orgasmo que viria se ele continuasse me penetrando assim.

As estocadas eram curtas e rápidas, para depois virem intensas e profundas, vagarosas, como se ele não quisesse chegar ao clímax ainda.

Surpreendendo-me, Carter mordeu meu ombro, agarrou a minha bunda e me tirou dali.

Ele me levou para a parede.

Comigo ainda em torno do seu pau, seus movimentos continuaram. Seu esforço em me manter no alto me fez perder um pouco o foco, mas sua boca veio para me deixar alucinada. Quando as estocadas se tornavam fortes, Carter parava. Uma luta maluca que ele fazia consigo mesmo e comigo que implorava em seu ouvido para que me deixasse gozar.

Carter não deixava.

Foi comigo até a pequena mesa na lateral da cama. Ele derrubou o abajur, que não se apagou ao cair no chão acarpetado. Prestes a perguntar se ele queria transar em todos os cantos, Carter entrou no meu sexo molhado e quente e mordeu a minha orelha, sussurrando em seguida:

— Vou te foder, vou fazer sexo com você, vou transar com você e vou fazer amor em cada maldito canto desse quarto. Não goza. Se estiver perto, me morde ou me arranha. Eu quero gozar com você.

Aline Sant'Ana

156

— Era isso que tinha no cartão?

— Sim, era.

Tirou-me da pequena mesa e me levou até a grande varanda. Pisquei, surpresa quando Carter abriu a imensa porta de correr. O ar de fim de noite nos cobriu, a lua nos iluminou, ainda que não tão forte, em razão da noite adotar um azul intermediário, mas o meu problema não era o lugar lindo que íamos transar, mas sim o súbito medo de altura quando Carter me colocou sentada na amurada.

— Não quer aqui? — indagou, ofegante, me beijando no pescoço.

— Estou com medo de cair.

— Sem problemas.

Carter nos virou, de modo que ele ficasse de costas para a amurada e de pé. Ele segurou atrás das minhas coxas, me mantendo no ar, no seu colo, mas sem que nada estivesse embaixo de mim. Nada me segurava além dele, porém estávamos em segurança, pelo lado certo da varanda.

Se alguém nos visse?

Eu não me importava. Pelo visto, nem ele.

A sua força, a sua vontade, o seu desejo e a adrenalina o fizeram entrar em mim com nada entre nós nos impedindo. Para ajudá-lo, mantive um pouco do meu peso em um abraço em seu pescoço e Carter soltou um palavrão quando entrou de novo em mim.

— Sua boceta é um teste de resistência. Caralho, amor. Eu não aguento.

— Você pode gozar, não tem problema.

— Não, eu quero que seja especial, quero que seja na cama, quero que a gente faça em todos os cantos. Eu quero... — Seus olhos pareceram suplicar. — Eu preciso que seja perfeito.

— Já está sendo, amor.

Seu romantismo único fez meu coração acelerar. Não pela maneira que estávamos transando, a forma gostosa que ele entrava e saía de mim, o modo como seu sexo bombeava deliciosamente, tocando nos pontos certos que me faziam tremer. Não. Era a maneira como ele se empenhava, todos os dias, para que fosse perfeito. Não só o meu dia, o dia do nosso casamento, mas todos os dias. Como se ele precisasse compensar os sete anos que passamos separados,

7 dias para sempre

como se me pedisse desculpas, a cada minuto, por eu ter sido invisível para ele.

— Eu te amo — ele disse e, estocando mais um par de vezes, me tirou da varanda.

Foi comigo até o banheiro. Fizemos amor na pia, no chuveiro com água corrente e, em penúltimo lugar, no chão do quarto. Carter girou seus quadris ali e urrou de vontade de gozar, não se aguentando, quando eu estremeci e, subitamente, sem que conseguisse avisá-lo, acabei tendo um orgasmo longo e profundo.

Levou-nos para a cama molhados do restante da água doce do chuveiro — que não se perdera no carpete — e suor. Levou-me para lá e olhou dentro dos meus olhos, como se não quisesse perder o momento em que eu gozaria de novo e como se não quisesse deixar passar o momento em que ele finalmente se deixaria levar. Ele aguentou todas as provocações, eu já havia perdido a noção de quantas horas ficamos transando, e ainda havia mais dois cartões.

Eu não me importaria de fazê-los de manhã, embora.

Deitada em posição papai-e-mamãe finalmente, depois de termos transado de todas as formas possíveis, Carter apoiou os cotovelos ao lado da minha cabeça e sua boca raspou na minha à medida que seu sexo quente entrava e saía de mim.

Eu estava prestes a entrar em outro clímax quando vi em seus olhos verdes um brilho único de lágrimas. Eu não imaginei que para ele isso era tão emocionante quanto era para mim, mas, sabendo da alma bonita do homem que eu amava, isso não deveria ser surpresa.

— Obrigado por ser a minha esposa, obrigado por me amar, obrigado por... Oh, Deus — gemeu no meio da declaração e riu contra a minha bochecha. — Obrigado por me esperar, Fada.

— Amo você — sussurrei e arranhei suas costas, sabendo que ali seria o fim.

Nunca vi Carter gozar tão longamente como foi naquele segundo e nunca me perdi em seus olhos, tendo um orgasmo, como foi naquele instante. Sua alma parecia leve, como se ele tivesse deixado os fantasmas irem embora, como se pudesse começar a vida comigo a partir dali.

Aquilo foi mais do que sexo, do que a recriação da festa Sensações, do

Aline Sant'Ana

que uma noite inteira de prazer, de modo que o céu lá fora estava, pouco a pouco, tornando-se claro.

Isso foi como selar a eternidade em um ato.

Eu só não sabia que, além de dar o meu amor para Carter, havia permitido que ele levasse um imenso pedaço de mim.

CARTER

Eu nunca tinha entendido como as pessoas podem chorar transando. Já vi em filmes nas sessões de Netflix com a Erin, já ouvi suas amigas contando e já vi até a minha esposa chorar enquanto fazíamos amor, mas eu nunca tinha sentido.

Descobri, por fim, que as lágrimas servem como forma de transbordar o sentimento que é grande demais para o coração.

E eu a amava demais para que fosse só com esse órgão. Era de corpo todo mesmo; às vezes, nem isso era o suficiente.

Ficamos um tempo deitados na cama, exaustos, sem dizer uma palavra. O dia nasceu lá fora, tomando formas distorcidas do que parecia ser uma manhã típica e quente do México. De mãos entrelaçadas, de costas na cama e encarando o teto, eu vi o reflexo dos pássaros ao voarem pela praia e o som do mar, como se quisesse me avisar, a cada quebrar de onda, que eu ainda tinha algo preparado para Erin.

Levantei-me e peguei os dois cartões. Erin estranhou, mas não disse nada. Sentou-se na cama quando estendi os envelopes para ela. Nos dois, a palavra *Ela* estava escrita, como forma de demonstrar que ali tudo pertencia a Erin e sua escolha.

Eu tive que tomar um momento para observar o quanto a minha esposa estava linda.

Os cabelos bagunçados, a nudez da pele com algumas marcas das mordidas e chupões. Os lábios imensos, as breves olheiras da noite mal dormida e também os olhos brilhantes eram destaque. Além disso, eu nunca a vi tão leve e livre como naquele segundo.

— São para mim?

— Sim, esses envelopes não são sexuais. Eles fazem parte de outra surpresa que tenho para você. O que escolher definirá algo que faremos juntos. Mas só você pode escolher, por isso tem apenas o *Ela* escrito.

Erin abriu um sorriso sapeca, daqueles que as crianças davam quando tinham que optar por qual presente deveriam abrir primeiro embaixo da árvore de Natal. Tomei nota mental ao perceber que ela era fissurada em surpresas. Nunca acertei tanto quanto nessa escolha que tomei.

— Estou com medo. Você não pode me dar uma dica? — questionou, ansiosa.

— Eu não posso, amor. São duas coisas maravilhosas, que sei que você vai amar independente do que for. Mas não posso escolher. Isso depende só de você.

— Se eu escolher um, posso saber o que é o outro, independente de não poder trocar?

— Sim, você pode.

O envelope era mais recheado, pois continha mais informações. Erin titubeou várias vezes entre o da minha mão direta e o da esquerda. Seus olhos correram e sua boca foi mordida tantas vezes que não consegui contar.

— Eu quero esse aqui. — Ela optou pelo da mão esquerda. — Sua mão está com a aliança e eu acho que deve ser uma boa escolha.

Sorri ao saber qual foi o fator de sua decisão.

Ela abriu o envelope rapidamente e algumas coisas caíram na cama. Eram passagens para a nossa viagem de lua de mel. Eu sabia que Erin tinha planejado uma outra viagem, mas essa seria para depois do casamento que não ocorreu. Como estava livre do trabalho, não me custaria nem um pouco conhecer dois lugares do mundo diferentes ao lado da minha esposa.

Duas luas de mel, para a minha segunda chance, pareciam justas.

Erin analisou tudo com calma. O cartão postal da Grécia. As passagens compradas. Eu não tive tempo de ver isso tudo, então, graças a Deus, a Kizzie me deu uma mão em relação a isso.

— Ah, meu Deus!

Os olhos dela finalmente compreenderam o que era aquilo tudo. As passagens estavam marcadas para dali a três dias, de forma que pudéssemos

Aline Sant'Ana

descansar no México por um tempo antes de viajarmos. Erin levou a mão até a boca, soltando um grito inesperado, e pulou em meus braços, como uma garotinha.

Eu amava a sua jovialidade.

— Carter, essas passagens! — ela sussurrou no meu ouvido, apertando-me tanto que eu mal podia respirar direito. — Uma lua de mel antecipada? Na Grécia? Você sabia que eu adoraria conhecer esse país, há tantos lugares que podemos visitar! E jura que você comprou passagens de ida e volta, com a duração de um mês?

— Achei que poderíamos unir essa viagem à que faremos depois. Você não acha? Não quero voltar para Miami tão cedo, só quero poder ir para o mundo com você, esquecer de tudo...

— Ah, Carter! — Ela começou a chorar.

— Quer saber qual era o outro lugar? — Sorri para ela. Lágrimas de felicidade, em compensação às de tristeza que a fiz derrubar nos últimos tempos.

— Sim, por favor - pediu, seus olhos brilhando.

— Itália

— Isso é... eu ainda não consigo lidar com todas essas coisas incríveis que você tem feito por mim. Eu juro que vou te recompensar.

Abaixei-me para a sua barriga, a leve saliência ali, tão perfeita quanto todo o resto da minha mulher. Beijei o umbigo e depois subi para sua boca.

— Você já me compensou, Erin. Você me trouxe um filho, você me deu amor, você e Lennox são tudo para mim. Você, meu amor, fez aqueles sete dias daquele cruzeiro durarem para sempre e eu só posso te agradecer por ter me permitido uma segunda chance, por ter deixado que eu a amasse como merecia, como nunca pude fazer.

Erin agarrou o cordão que ainda usava no pescoço, lágrimas descendo por seu rosto.

— Aqueles sete dias realmente duraram para sempre, não é?

Inclinei-me para beijar seus lábios.

— Sim, meu amor. Para sempre.

7 dias para sempre

EPÍLOGO

Tonight I swear I'd sell my soul
To be a hero for you
Who's gonna save you when the stars fall from your sky
Who's gonna pull you in when the tide gets too high
Who's gonna hold you when you turn out the light
I won't lie
I wish that I
Could be your superman tonight

— *Bon Jovi, "Superman Tonight".*

Meses depois

Carter

Achei que estava sonhando com Erin me chamando, perdido em um sonho aleatório. Mas, quando consegui me desvencilhar da letargia, abri as pálpebras e ela estava sentada na cama, com os olhos vidrados na barriga.

— Carter! — me chamou mais forte, dessa vez, sua voz soava urgente. — Ai, meu Deus! Eu acho que a bolsa rompeu...

Eu li tantas coisas sobre esse momento, em tantas páginas na internet, que eu deveria ser um maldito expert. No entanto, naquele segundo, todos os meus músculos travaram. Compreendia que era importante ficar calmo, mostrar para Erin controle da situação, mas eu estava mesmo pirando.

Porra!

— Ah...

— Eu preciso que você me ajude a levantar. Acha que consegue?

Como ela estava falando aquilo para mim? Meu Deus, eu devia tomar vergonha na cara. Era ela que estava tendo um bebê e queria saber se eu conseguia ajudá-la?

— É claro, amor. — Balancei a cabeça para clareá-la. — Nossa, é claro!

Aline Sant'Ana

Eu não deixei que Erin se levantasse, ainda que me garantisse que não estava sentido tantas dores, apenas um aviso de que estava começando o parto. Merda, poderiam me chamar de maluco ou de um homem extremamente preocupado, todavia, meu filho estava nascendo, então, fodam-se os protestos, eu a peguei no colo e a levei rapidamente em direção ao carro.

Coloquei Erin com cuidado e conforto, ofegando pela adrenalina. Quando me sentei no banco do motorista, percebi que estava só de cueca.

— Amor, vai colocar uma roupa. — Erin sorriu, como se nada grave estivesse acontecendo.

Caralho, como ela podia estar tão calma?

Acho que nunca corri tanto em minha vida. No meio do caminho, quase tropeçando nas calças ainda presas nos pés, coloquei o celular na orelha e liguei para Zane.

— A essa hora, Carter? Porra, é sério?

— Zane, desculpa, é a Erin...

Ouvi o farfalhar dos lençóis e um *click*. Ele provavelmente acendeu o abajur ao lado da cama. Procurei uma camiseta no guarda-roupa e a joguei sobre o ombro, para vestir no carro.

— O que houve?

— O Lennox. Ele vai nascer.

— O bebê não estava previsto para daqui a uma semana, cara?

— Acho que ele quer vir antes.

— Tô indo para o hospital agora. Ligo para o resto. A gente se encontra lá.

Enfiei o celular no bolso da calça e corri até o carro. Observei Erin enquanto eu dava a partida, atrapalhando-me entre dar a ré e enfiar a blusa na cabeça.

— Amor, não precisa fazer tudo ao mesmo tempo. Estou legal.

Na minha cabeça, por mais relaxada que ela estivesse, a única coisa que eu pensava era em levá-la ao hospital o mais rápido possível.

— Vamos chegar lá em dez minutos, amor.

— Eu sei. — Sorriu.

Já passava das três da manhã e só percebi isso quando entrei com a Erin pelas portas automáticas do hospital. O relógio grande e imenso, marcando três e quinze, me avisou que estávamos no meio da madrugada. Eu fui direto para a recepção, com Erin falando alguma coisa sobre eu poder colocá-la no chão, mas nem em um milhão de anos eu deixaria que ela ficasse longe de mim antes de ver um médico.

Atrás do balcão, a enfermeira de meia-idade, vestida de uniforme rosa, mascava um chiclete. Ela olhou por cima dos óculos de grau e observou-nos, como se já tivesse visto aquela cena um milhão de vezes.

— Pai de primeira viagem? — Sua pergunta foi para mim.

— Sou, sim. Minha esposa... ela está sentindo dores e ela... eu não quero colocá-la no chão. É o meu filho, ele estava previsto para daqui a uma semana, mas eu acho que vai acontecer. Ele vai nascer agora?

— Eu estou bem — Erin protestou, mas eu ignorei.

— Tá bem, Super-Homem — a enfermeira disse. — Agora ela está em boas mãos. Vão levá-la para os exames enquanto eu e você preenchemos a ficha. Você pode deixá-la conosco, tudo bem?

Duas moças vieram com uma cadeira de rodas e levaram Erin para a sala de exames. Eu beijei sua boca antes de deixá-la ir e assisti, em questão de alguns minutos, todo mundo chegando pela porta. Zane foi o mais rápido, vindo até mim com a preocupação aparente. Yan parecia ainda com sono e Shane não aparentava ter dormido nem um pouco. As garotas estavam ansiosas, encarando-me como se quisessem notícias.

— Ele vai mesmo nascer? — Zane indagou. — A Erin está bem? Cara, eu vim voando.

— Eu não sei. Vou descobrir agora. Você pode preencher o que falta? Vou te dar a minha carteira e os documentos.

A enfermeira observou a movimentação.

— Você é quem, o Batman? — perguntou a Zane.

Ele ergueu a sobrancelha e, por mais que eu soubesse que ela estava pegando no meu pé, sabia que era para descontrair.

— Não sou, porque ele não tem superpoderes — respondeu Zane, pouco se importando se aquilo fazia sentido ou não.

Aline Sant'Ana

Ela deu um curto sorriso, gostando do senso do humor dele, e virou-se para mim.

— Então, deixe o bonitão cabeludo preencher a ficha. Pode ir ver a sua esposa, Super-Homem — falou para mim, contando em que quarto ela estava.

Hospitais não me traziam boas memórias, porque me lembravam de ter vindo quando criança, quando minha mãe faleceu. Mas, agora, todo o meu coração estava alegre, uma ansiedade maluca possuindo cada parte do meu ser. Eu queria tanto ver se Erin estava bem da mesma maneira que ansiava ver o rosto do meu filho pela primeira vez.

Encontrei o quarto e ouvi uma movimentação, ficando preocupado por ela já estar sentindo muitas dores. Ainda que não tivesse escutado sons altos, fechei os olhos. Meu coração bateu forte quando abri a porta, observando-a sentada na beira da cama, conversando com duas enfermeiras que lhe passavam instruções. Vestia uma camisola cor-de-rosa hospitalar e dava um sorriso fraco à medida que assentia a cada explicação. À esquerda, havia uma poltrona e um frigobar. Tinha lido algo sobre gelo em um dos sites, talvez, mais tarde, eu devesse oferecer um pouco.

— Oi, amor.

Ela direcionou o sorriso para mim.

— Oi!

— Muitas dores?

— Por enquanto estou tranquila.

— Isso é ótimo, linda. Eu posso fazer algo para ajudar?

A enfermeira-chefe se apresentou e disse que, mais tarde, quando as contrações estivessem mais fortes, Erin poderia entrar na banheira e eu poderia massageá-la. Isso poderia acalmar e ajudá-la. Falou comigo distante de Erin, para não deixá-la estressada. Se a mulher soubesse que eu estava pirando muito mais do que a minha própria esposa...

— Ela está com dois centímetros de dilatação. Como é o primeiro parto, pode demorar. Ela vai caminhar pelo corredor, para ajudar... bem, espero que você tenha uma mão forte na hora que a Sra. McDevitt precisar — falou a segunda enfermeira, gentilmente, me deixando perto da minha esposa.

— Ela pode apertar o quanto quiser. — Olhei para Erin, a visão alternando por todo o rosto. Eu não queria que ela sofresse, mas seria impossível desejar isso, sabendo o que viria a seguir. Mais calmo depois do surto de tirá-la de casa e mais aliviado ao saber que ela estava nas mãos de profissionais, consegui respirar melhor. Tirei uma mecha de cabelo da frente do rosto e beijei sua testa. — Está ansiosa?

— Mal posso esperar para vê-lo.

— Nem eu, amor. — Fiz carinho em sua nuca úmida de suor. — Vamos dar cada passo nisso juntos.

As horas foram se arrastando e, conforme os minutos passavam, a dor se intensificava. A cada instante, fui percebendo a mudança de comportamento da Erin, as dores sendo alternadas com respirações mais profundas, a ansiedade e o amor dançando em seus olhos, apesar do esforço. Quando a dilatação passou de dois para cinco e de cinco para sete, horas mais tarde, Erin começou a ficar ainda mais incomodada e a caminhar pelo quarto, suando frio.

Segundo a enfermeira, precisávamos de mais alguns centímetros para que desse início. Então, fiz o que me foi aconselhado e a levei para a banheira. Deixamos a porta aberta, porque não queríamos correr o risco de ficar longe da enfermeira. Mantive a cueca boxer e Erin, nua, deitou-se de costas para mim. A água quente era um bálsamo imediato, notei pelo suspiro de alívio que ela deu quando a água abraçou sua pele.

Massageei seus ombros, suas costas, fiz carinho em sua barriga, e deixei que se apoiasse em meu peito, que chorasse pelo misto de emoções. Eu também estava derrubando lágrimas, morrendo de medo, com o coração apertado, mas tão apaixonado por esse instante que eu não poderia descrever.

Murmurando palavras de incentivo, dizendo o quanto ela era incrível e o quanto eu a amava, beijei seu ombro.

— Dói tanto, é insuportável, mas eu... — Ela encerrou a frase devido a uma contração. Acariciei a barriga, que, de tão grande, era incapaz de me fazer enxergar os pés da minha esposa. — Mal posso esperar.

— Ele vai chegar, amor. Está chegando, só mais um pouquinho.

Quando a água se tornou fria, tirei Erin dali e a sequei delicadamente, colocando a camisola de volta. A enfermeira-chefe me olhou e piscou para mim, como se estivesse me dizendo que fiz um bom trabalho.

Era bonita a preocupação delas conosco.

Aline Sant'Ana

166

Levei-a até a cama, ajudei-a a se deitar e me sentei perto dela.

— Eu posso me deitar na cama com ela?

— É melhor ela ter espaço. Você já está perto, segure sua mão.

Fechei os olhos quando, de pequenas lamúrias, Erin começou a gritar. Ela gritava e eu queria gritar junto. Lágrimas quentes desciam por seu rosto quando fazia esforço para respirar. Eu queria tanto que Lennox nascesse, queria que Erin descansasse, queria que minhas duas preciosidades ficassem bem.

Cara, isso era insano.

Dei gelo em sua boca quando a dilatação foi para nove centímetros. Erin já estava urrando. As bochechas vermelhas, as lágrimas intensas... eu queria que Lennox nascesse logo.

Mas dali nós não tivemos que esperar muito.

O médico chegou, depois de suas curtas visitas esporádicas, agora se apresentando e batendo papo, descontraindo Erin e até conseguindo fazê-la rir um pouco. Colocou as luvas, já pedindo para que respirasse profundamente e mais forte em algumas contrações e que relaxasse no curto tempo livre.

Conforme ficava mais perto de Lennox nascer, o médico insistia para que Erin se esforçasse ainda mais e elogiava o seu desempenho, porém podia ver o quanto estava fraca, arranjando uma força sobre-humana para conseguir empurrar Lennox e fazê-lo vir.

— Você consegue. Só mais um pouco — o doutor disse.

— Eu não consigo! — Ela chorou, apertando forte minha mão.

Beijei sua testa e sussurrei no seu ouvido palavras de carinho, torcendo para que a acalmassem, por mais que soubesse que era difícil fazê-la prestar atenção.

O parto durou dez longas horas, quase onze. Eu pensei que Erin fosse desmaiar a qualquer momento, da mesma forma que pensei que não ia aguentar o meu coração martelando no peito. A ansiedade era completa e as lágrimas não paravam nem por um segundo.

Não é algo fácil, tranquilo como nos filmes. Minha esposa deu tudo de si, foi muito forte e determinada a cada pedido do médico, obedecendo, ainda que alegasse a cada segundo que não conseguia. Beijei sua bochecha quando

7 dias para sempre

avisaram que Lennox estava bem perto de nascer.

— Eu só preciso de mais um empurrão, mamãe — o médico disse, abafado pela máscara. — Preciso que você empurre com tudo o que tem.

— Amor, você consegue. — Beijei-a de novo e vi seus olhos tortuosos para mim. Ela estava sorrindo e chorando. — Só mais essa e vamos conhecê-lo.

— Eu te amo — ela disse, antes de fechar os olhos e fazer o que foi pedido.

A primeira coisa que pude ver foi o médico se movimentando, retirando Lennox de uma só vez. Vi sua pequena cabeça perfeita, os ombros lindos, o meu filho. Lennox chorou a plenos pulmões e eu não sabia o nível do meu pavor até a adrenalina descer e fazer minhas costas se aliviarem, o meu peito se completar de amor e o sorriso de felicidade.

Eu pude vê-lo, eu pude olhar para Lennox, gritando, avisando que chegou ao mundo.

Ah, cara, como ele era lindo!

Enquanto o observava, pensei que nunca, em toda a minha vida, poderia imaginar que um amor pudesse ser tão grande, que eu podia ter essa coisa imensa dentro de mim. Uma vontade de proteger, de cuidar, de ficar sempre por perto. Eu fiquei tão desnorteado, beijando a mão da minha esposa sem parar, tão vidrado em Lennox, que não me dei conta quando o médico me chamou, convidando-me a cortar o cordão umbilical.

— Quer participar, papai? — ele perguntou, estendendo a tesoura.

Beijei a testa de Erin, tão comovido que tudo estava embaçado em meus olhos. Eu era pai de um garoto lindo, porra! Eu não conseguia parar de contemplar Lennox. Cada centímetro dele.

Ele era perfeito, meu Deus.

Não havia outra palavra.

— Eu quero — respondi, chorando. — Por favor.

Cortei o cordão umbilical com cuidado e fui aplaudido por todos da equipe, recebendo o olhar deslumbrado da minha esposa exausta. Assisti a breve limpeza de Lennox, o procedimento antes de colocá-lo em uma manta azul e, com todo o cuidado, entregá-lo em meus braços.

Aline Sant'Ana

168

Perdi o fôlego.

Ele era a mistura perfeita de nós dois. Seu cabelo era em tom ruivo, bem cheio e bagunçado. Os olhos grandes, indefinidos na cor, eram lindos. Ele parecia agitado, observando tudo e não observando nada, até fixar a visão em mim. Eu não pude fazer qualquer coisa além de amá-lo e me sentir, como a enfermeira havia dito, um verdadeiro super-herói.

— Oi, filho. Vamos conhecer a mamãe? — Foi a primeira coisa que disse para ele, as palavras atrapalhadas pelas emoções.

Erin estava com os olhos brilhantes e o semblante perplexo, todavia, o sorriso que ela deu fez uma parte do meu coração derreter. Ela abriu os braços e eu o coloquei sobre ela, vendo-a balançá-lo e acariciar cada pedaço que encontrava. Ela não parava de olhar e acariciar seu rostinho, a passar o dedo sobre ele, vendo que era real. Falou com nosso bebê, dizendo que Lennox era lindo, que ele era perfeito. Também ouvi Erin agradecer a Deus diversas vezes e ao médico de infinitas outras formas.

— Agora nós precisamos levá-lo. Você poderá vê-lo em breve novamente, tudo bem? — a enfermeira-chefe disse.

Assentimos, já sabendo o procedimento.

O tempo se tornou relativamente lento. A felicidade pode te deixar extasiado. As dez horas que Erin passou tendo Lennox não pareceram nada depois que o vimos pela primeira vez. Ela estava tão esgotada e tão feliz que não conseguia dormir até vê-lo mais uma vez. Eu fui autorizado a ir à ala dos recém-nascidos, a fim de mostrar para os amigos que esperavam como Lennox era.

Acariciei o rosto de Erin e beijei sua boca.

— Eu volto com ele para você vê-lo um pouco, mas preciso que durma, linda.

— Eles disseram que, se eu não conseguir dormir, vão me dar alguma coisa. Eu estou bem. Só quero tocá-lo mais uma vez para ter bons sonhos.

Reconhecimento passou por meus olhos; orgulho e amor também.

— Você é incrível.

— Apenas uma mãe e esposa apaixonada.

Sorri, ela era muito mais do que isso.

7 dias para sempre

— Você é tudo o que eu sempre quis.

— E você já me tem.

Tomei sua boca vagorosamente, só mais uma vez, antes de deixá-la. Caminhei pelos corredores frios e brancos de paredes azuis, ainda agitado com tudo o que aconteceu. Sendo guiado pela enfermeira que me chamou de Super-Homem, agora, ela disse que ninguém tinha ido embora, que todos estavam aguardando ansiosamente para vê-lo.

— Eles sabem que Lennox nasceu perfeito e que Erin está bem?

— Sim, eles sabem. Estão te esperando atrás do vidro depois dessa porta. O seu filho é aquele ali.

Ela apontou para um dos pequenos berços hospitalares. Eu engoli em seco. Será que choraria toda vez que pusesse meus olhos nele? Os bebês estavam em silêncio quando entrei. Fui devagar, em direção a Lennox, lendo a plaquinha com o seu nome aos pés. Desnorteado, lembrei-me de que todos estavam atrás do vidro, esperando para vê-lo.

Havia emoção em cada olhar e uma pessoa em especial me fez parar. Não aguentei o sentimento dentro de mim ao ver que algum dos meus amigos ligou para o meu pai.

Ele não parava de chorar, colocando a mão sobre a boca como se pudesse conter, mas ninguém poderia. Vi refletida a alegria em todos os rostos, os sorrisos que não sumiam, as lágrimas das meninas, os rapazes se segurando para não caírem no choro, enquanto assistia meu pai tocar no vidro, como se quisesse vê-lo mais de perto.

Peguei Lennox delicadamente e andei até eles, puxando o cobertor para que pudessem ver seu rosto.

Zane gesticulou com a boca, dizendo que ele era ruivo e eu assenti.

Tiraram foto dele sem flash, comigo carregando-o em meus braços, perguntaram um milhão de vezes quando poderiam vê-lo e eu respondi que ainda hoje. Nossas bocas se mexeram, sem que o som passasse. Lennox já era amado por tanta gente, mas sequer tinha noção disso.

— Aquele é o vovô Forrest, que já está apaixonado por você — eu disse para o meu filho. — E tem o Yan, que vai te dar bronca se fizer algo errado. Zane, que vai tentar te levar para o mau caminho, mas eu não vou deixar.

Aline Sant'Ana

Shane, que deverá te ensinar a andar de skate pela primeira vez. Lua, que te dará conselhos sobre as garotas. Kizzie, que agirá contigo como se fosse uma segunda mãe e Roxanne, que deverá ser aquela pessoa que te acobertará quando for necessário. Ela vai ser a titia legal, eu sei disso.

Lennox estava sonolento, mas eu não podia parar de falar baixinho com ele.

— Nós todos vamos cuidar de você, vamos te proteger, vamos tentar te dar o melhor. Mas, acima de todas essas pessoas, tem a sua mãe, que te mostrará o melhor amor que se pode sentir.

Ele tinha uma vida toda para que eu pudesse ensiná-lo, para que eu pudesse guiá-lo, para que pudesse consertar os erros que cometi e torcer para que ele não cometesse os mesmos. Meu filho era o começo de uma vida, a chance de eu e Erin lhe passarmos o certo: a bondade, o amor e a honestidade. Não queria que ele fosse perfeito, sabia que Lennox cairia ao dar os primeiros passos assim como ao se apaixonar pela primeira vez por, talvez, uma pessoa errada. No entanto, tudo o que estivesse ao meu alcance eu faria. Pararia de girar o mundo, se pudesse. Seria mesmo tudo o que ele precisasse que eu fosse.

Beijei a testa delicadamente, incrédulo por ser tão lindo.

— Vamos ver a mulher da sua vida, pequeno.

Depois de deixar o pessoal se despedir de Lennox pelo vidro, a enfermeira me ajudou a levá-lo para Erin. Assim que entramos no quarto, ela estava cochilando e eu fiquei tão feliz por vê-la dormir que respirei aliviado. Entretanto, como se já tivesse o senso ativado em relação ao filho, abriu os olhos e rapidamente se recompôs.

No segundo em que recebeu Lennox e o olhou com todo o carinho, eu soube que não haveria cena mais bonita do que aquela para presenciar, pessoas a quem amar mais do que essas, intensidade de sentimentos mais expressiva para sentir.

Discretamente, tirei o celular do bolso e foquei os dois, ouvindo a conversa de Erin e a maneira com que Lennox parecia, ainda que caindo de sono. Idolatrava-a, isso deve ter puxado ao pai, que não conseguia fazer qualquer coisa senão adorá-la. Apertei o botão de gravar e dei um pequeno zoom, vivendo a felicidade em seu auge com ele finalmente dormindo no colo da minha esposa.

— Ele é perfeito — Erin declarou, embasbacada. Só depois percebeu que

7 dias para sempre

eu estava gravando. — Esse é o primeiro cochilo que o embalo.

— Nós teremos muitas primeiras vezes como essa, amor.

Erin olhou para mim, abrindo um sorriso vagaroso, entre as contraditórias lágrimas que desciam pelos cantos dos olhos. Tirei o foco da visão do celular e, ainda filmando, precisei olhá-la além da câmera.

As palavras foram embora porque, quando a conexão é vívida, não há nada que se possa fazer para expressá-la.

Nos olhos de Erin, todo o carinho existia.

Em meu coração, todo o amor que o mundo me permitia sentir.

Fim

Entre em nosso site e viaje no nosso mundo literário.
Lá você vai encontrar todos os nossos
títulos, autores, lançamentos e novidades.
Acesse www.editoracharme.com.br

Além do site, você pode nos encontrar em nossas redes sociais.

 https://www.facebook.com/editoracharme

 https://twitter.com/editoracharme

 http://www.pinterest.com/editoracharme

 http://instagram.com/editoracharme